소중한 **사**람에게 들려주는

사랑의 시

엮은이__김창숙

작가들의 가슴속에 담긴 열정과 독자들의 욕구를 만나게 하는 작업 속에서 삶의
의미를 찾아 많은 시간을 보냈다. 역사의 흐름 속에서 미래를 꿈꾸기도 하고, 삶
이 녹아나오는 작가들의 작품 속에서 문학을 엿보면서 등대지기 마음을 이어가고
있다. 지금은 시간의 어느 한 지점에서 모래사장에서 황금바늘을 찾는 마음으로
사람들과 함께하고 있다.

초판 1쇄 인쇄 ┃ 2006년 4월 10일
초판 1쇄 발행 ┃ 2006년 4월 15일

엮은이 ┃ 김창숙
펴낸이 ┃ 진성옥 · 오광수
펴낸곳 ┃ 꿈과희망
디자인 · 편집 ┃ 박희진
영   업 ┃ 남성진
출판등록 ┃ 제1-3077호

주소 ┃ 서울특별시 용산구 원효로 1가 119-9
전화 ┃ 02)2681-2832
팩스 ┃ 02)943-0935
e-mail ┃ jinsungok@empal.com

ISBN ┃ 89-90790-43-3 03810
값 7,800원

소중한 사람에게 들려주는

사랑의 시

푸슈킨 외 | 김창숙 엮음

꿈과 희망

소중한 사람과 함께하는 사랑의 시 여행

마음과 마음으로 떠나는 여행,
시의 세계는 사람의 마음에 따라 그 모습을 달리하는 아름
다운 세상입니다.
사랑은 서로를 바라보면서 마음으로 생각을 나누는 마주보
기입니다.
사랑은 손을 맞잡고 어깨를 나란히 하고 앉아 한 곳을 함께
바라보는 생각나누기입니다.
그 어떤 것이든 사랑에 빠져드는 순간,
세상은 지금까지와는 아주 다른 모습으로 다가옵니다.
때로는 가슴저미도록 슬프게,
때로는 가슴벅차도록 환희의 세상으로,
그리고 사랑은 우리를 또다른 우리를 만들어줍니다.

이제 차 한 잔을 함께 나눌 사랑하는 이를 찾아
여행을 준비합시다.

시 한 줄 속에 담긴 뜻은 우리를 성숙된 모습으로 바꿔줍니다. 때로는 인생을 바꿔놓는 시구 하나에 눈물을 흘리기도 하고, 아릿한 가슴앓이를 하기도 합니다.

지구촌 식구들은 서로 다른 모습으로 살아가지만 사랑으로 하나됨을 느낍니다.

눈물이 있고, 기쁨이 넘쳐나는 곳, 바로 사랑의 시 세계속에서 우리는 하나가 됩니다.

시 한 편 한 편마다 읽는 이의 마음에 따라 그 느낌이 다르게 다가올 것입니다.

시 세계를 여행하는 사람은 모두 자기만의 색깔을 지니고 있습니다.

가끔은 현실에서 벗어나고 싶어서 시를 가까이 합니다.

견딜 수 없는 아픔을 한 구절의 시어에서 위로를 받습니다.

이제 소중한 사람과 함께 여러분만의 여행을 떠나보십시오.

사랑은 만남입니다

1

사랑은 선물입니다

2

사랑은 희망입니다

3

아름다운 사람, 그대를 만났습니다.

사랑은 만남입니다

하나

내게는 그분이

사포

내게는 그분이 마치 신처럼 여겨진다
당신의 눈앞에 앉아서
얌전한 당신의 말에 귀 기울이고 있는
그 남자분은

그리고 당신의 사랑어린 웃음소리에도
그것이 나였다면 심장이 고동치리라
잠시 당신을 바라보기만 해도 이미
목소리는 잠겨 말 나오지 않고

혀는 그대로 정지된 채 즉시
살갗 밑으로 불길이 달려 퍼지고
눈에 비치는 것이란 아무것도 없어
귀는 멍멍하고

차디찬 땀이 흘러내릴 뿐
온몸은 와들와들 떨리기만 할 뿐
풀보다 창백해진 내 모습이란 마치
숨겨 죽어버린 사람 같으리니.

가장 아름다운 주제들은 당신 앞에 있습니다. 그것은 바로 당신이 가장 잘 알고
있는 것들입니다. 중요한 것은 감동받도, 사랑하고, 희망을 가지고, 전율하며 산다
는 것입니다.
— 로댕

레스보스의 섬 색시

사포

미치레네 부근
서글피 사는 외로운 방의 대낮
지루하기만 한데
레스보스의 섬 색시에게
아아 밤은 너무 길기만 하네

항구의 하늘에
별빛 어리는
맑게 개인 하루 해도 저녁이 되면
꽃다운 아가씨
무엇을 하며 온갖 시름을 잊어야 할까?

황금빛으로 저무는 해
분수가를 걸어
고향 찾아 급히 돌아가는 장사꾼이여
그대 그리운 님을
생각하는가

그렇다

하늘에서 동떨어진 듯 멀기만 한
그리운 내 집에
돌아갈 때
어느덧 밤은 깊어지고
내 작은 가슴은 설레기만 하네.

용서란 용서할 수 없는 사람을 용서하는 것이며, 믿음이란 믿을 수 없는 것을 믿
는 것이며, 소망이란 상황이 도저히 가망이 없을 때 희망을 갖는 것을 의미한다.
― G. K. 채스트톤

잊은 것은 아니련만

사포

높다란 나뭇가지에 매달려
가지 끝에 매달려 있어
과일 따는 이가 잊고 간 것인가
아니,
잊은 것은 아니련만
따기 어려워 남겨 놓은
새빨간 사과처럼.

사포(Sappho,BC 610-BC 580년경) : 소아시아 레스보스 섬에서 활동한 유명한 서정시
인. 아름다운 문장으로 시대를 초월하여 사랑받고 있다. 독자와 친밀한 관계를 맺는다
는 점에서 특히 뛰어나다고 평가된다.

평화의 기도

성 프란체스코

나를 당신의 평화의 도구로 써주소서.
미움이 있는 곳에 사랑을
다툼이 있는 곳에 용서를
분열이 있는 곳에 일치를
의혹이 있는 곳에 믿음을
오류가 있는 곳에 진리를
절망이 있는 곳에 희망을
어둠이 있는 곳에 빛을
슬픔이 있는 곳에
기쁨을 가져오는 자 되게 하소서.
위로받기보다는 위로하고
이해받기보다는 이해하며
사랑받기보다는 사랑하게 하여주소서.
우리는 줌으로써 받고
용서함으로써 용서받으며
자기를 버리고 죽음으로써
영생을 얻게 됨을 깨닫게 하소서. 아멘.

성 프란체스코(Francesco d' Assisi,1182-1226) : 프란체스코회의 창립자. 가톨릭의 성인(축일 10월 4일) 20세 때 세속적인 생활을 모두 버리고 완전히 청빈한 생활을 하기로 서약하고, 청빈·겸손·이웃에 대한 사랑에 온몸을 바쳤다. '신의 음유시인' 이라 불리우며, 〈태양의 친가〉를 비롯하여 뛰어난 시를 남겼다.

꽃다발 손수 엮어서

롱사르

꽃다발 손수 엮어서
보내는 이 꽃송이를
지금 한껏 폈지만
내일에는 덧없이 지리

그대여 잊지 말아라
꽃같이 예쁜 그대도
세월 지나면 시들고
덧없이 지리, 꽃처럼

세월은 간다 세월은 간다
우리도 간다 흘러서 간다
세월은 가고 땅에 묻힌다

애타는 사랑도 죽은 뒤엔
속삭일 상대자 없어지려니
사랑하세나, 내 꽃 그대여
(〈마리를 위한 소네트〉에서)

사랑하는 사람을 가지지 말라. 미운 사람도 가지지 말라. 사랑하는 사람은 못 만나 괴롭고 미운 사람은 만나서 괴롭다.　　　　　　　　　　 **- '법구경' 중**

엘렌을 위한 소네트

롱사르

늙음이 찾아온 어느 저녁, 등불 아래서
난롯가에 앉아 실을 풀어 베를 짜면서
내 노래를 읊으며 그대는 놀라 말하리
"롱사르는 노래했네. 젊은 날 아름다웠던 나를"

그럴 때, 이미 피곤에 지친 눈시울은
졸음에 겨워 모르는 새에 감기다가도
롱사르라는 영광스러운 이름을 들으면
정신 번쩍 들리라, 자랑스러운 이름이여

내 이미 묻혀 뼈조차 삭은 망령 되어
미르토 나무 그늘에 편히 쉴 적에
그대는 노파 되어 난롯가에 있으리

내 사랑 거절한 교만을 그대 뉘우치리
살아다오, 나를 믿거든 내일을 기다리지 마라.
주저 말고 오늘 꺾어라, 생명의 장미를.

롱사르(Pierre de Ronsard, 1524-1585) : 프랑스의 시인이자 르네상스의 대표적 작가. 그는 건강한 연애 감정을 노래하여 인간성에 신선한 표현을 주었고, 르네상스적인 대담한 생명력을 느끼게 한다. 궁정 시인이 되고 만년에는 명작〈엘렌을 위한 소네트〉 등이 있다.

슬픔

알프레드 드 뮈세

나는 내 힘과 삶을 잃었다네
친구와 기쁨도 잃었다네
나는 내 천재를 믿게 하는
자존심까지도 잃었다네

내가 진리를 알았을 때
그것이 친구라고 믿었다네
내가 진리를 느꼈을 때
나는 이미 혐오감을 느꼈다네

하지만 진리는 영원하기 마련이거늘
그것을 모르고 살아온 사람들은
인생을 모르는 사람들이리라

신은 말하기를 사람은 신에게 대답해야 한다고 했네
세상에 남아 있는 내 단 하나의 행복은
이따금 눈물 흘리는 일뿐이어라.

— 밀레

있어야 할 것이 제자리에 있는 것보다 아름다운 풍경은 없다.

잊지 말고 생각하시오

알프레드 드 뮈세

잊지 말고 생각하시오 만일 운명이
나를 그대로부터 영원히 떼어 놓거든
내 슬픈 사랑을 생각하시오
헤어진 그 시절을 생각하시오
내 마음이 살아 있는 동안은
내 마음 그대에게 말하리라
"잊지 말고 생각하시오" 하고
잊지 말고 생각하시오
차디 찬 땅 속에 내 찢어진 마음 잠들거든
잊지 말고 생각하시오 쓸쓸한 꽃잎이
하나둘 내 무덤 위에 피어오르면
그대는 다시 나를 못보시겠지요
하지만 죽지 않은 내 넋은
정다운 누이처럼 그대 곁에 돌아가겠지요
마음 가다듬고 밤은 들으라
속삭이는 소리 있어
"잊지 말고 생각하시오" 하는 것을.

인생이란 우리가 숨쉬는 것을 그치기 전에 끝내 버리기엔 너무나도 위대하다.
  – 에리히 레마르크

5월의 밤

알프레드 드 뮈세

시의 신
시인이여, 거문고 들고 노래 불러라
아름다운 장미꽃 봉오리 열리고
이 저녁에 바람 따사로와, 봄이 왔으니
날이 밝기를 기다리는 할미새 한 마리
초록빛 날개 퍼덕여 가지에서 지저귄다
시인이여, 거문고 들고, 노래 불러라

시인
골짜기의 경치는 갑자기 어둠에 잠겨
꿈속을 방황하듯 희미하게 보이고,
너울 쓴 아름다운 모습을 한 봄의 여신이
숲 근처에 화사한 모습을 드러내어
미끄러지듯 들판을 걸어오고 있는데
여신의 맨발 앞에 빨간 꽃 피어 있구나
꿈인지 현실인지, 눈에 보이기는 하건만
지금이라도 사라질 듯한 풍경이어라.

사랑은 눈이 머는 것이 아닙니다. 사랑은 제대로 볼 줄 알게 하는 것입니다. 진정
한 사랑은 상대방에 대한 책임도 포함되기 때문입니다.
- 월터 드러비쉬

비가

알프레드 드 뮈세

나 죽거든 사랑하는 이여
내 무덤가에 버드나무를 심어다오
나 그 그늘진 가지를 좋아하나니
내 잠들 땅 위에
그 그늘을 사뿐히 드리워다오.

알프레드 드 뮈세(Alfred de Musset,1810-1857) : 프랑스의 낭만파 시인 · 소설가 · 극
작가. 낭만주의의 대표자. 조숙한 작가로 18세 때 대담하고 자유 분방한 첫 시집 〈스
페인과 이탈리아 이야기〉로 화려한 성공을 거두었다.

사랑

클라우디우스

사랑을 방해하는 것은 아무것도 없다
사랑은 문짝도 빗장도 잠그지 못한다
사랑은 무엇이든 꿰뚫고 간다
사랑은 시작이 없다
예로부터 항상 날개를 퍼덕이고 있다
사랑은 끝없이 날개를 퍼덕이고 있다.

클라우디스(Claudius Mattias, 1740-1815) : 독일의 시인. 그의 시는 순박하고 때묻지
않은 어린아이 같은 순진함을 지녔고 경건한 그리스도교 정신을 담고 있다. 〈달이 떴
다〉가 가장 유명한 작품이다.

별 하나

휴스

나는 당신의 커다란 별이 좋았다
당신의 이름을 몰라 부를 수 없었지만
달 밝은 밤
온 하늘에 깔린 달빛 속에서도
당신은 당신대로 찬란히 빛났다
오늘밤 휘몰아치는 비바람에
온 하늘을 찾아보아도
바늘만한 빛조차 찾을 수 없어
머리 숙여 돌아오는 길 옆
버드나무 꼭대기에 걸린
빛나는 당신을 보았다.

휴스(Ted Hughes, 1930-1998) : 영국의 시인. 감상이 배제되어 있고, 거칠고 부조화스러운 시행 속에서 동물들의 교활함과 야만스러움을 강조한 시를 쓰고 있다. 그의 인간관도 지성보다는 야성을 강조하고 있는데 깊은 통찰력이 뛰어난 지성의 산물임을 생각할 때 아이러니가 아닐 수 없다. 1984년 영국 계관시인이 되었다.

카스타에게

베케르

네 한숨은 꽃잎의 한숨
네 소리는 백조의 노래
네 눈빛은 태양의 빛남
네 살결은 장미의 살갗
사랑을 버린 내 마음에
너는 생명과 희망을 주었고
사막에 피어나는 꽃송이처럼
내 생명의 광야에 살고 있는 너.

사랑을 얻는 가장 빠른 길은 주는 것이고, 사랑을 잃는 가장 빠른 길은 사랑을 꽉
쥐고 놓지 않는 것이며, 사랑을 유지하는 최선의 길은 그 사랑에 날개를 달아 주
는 것이다.   – 더글라스 N. 데프트

그대 눈 푸르다

베케르

그대 눈 푸르다
수줍은 웃음은
넓은 바다에
새벽별 비친 듯하다

그대 눈 푸르다
흘리는 눈물은
제비꽃 위에 앉은
이슬 방울 같다

그대 눈 푸르다
반짝이는 슬기는
밤하늘에 떨어지는
유성처럼 화려하다.

베케르(Gustavo Adolfo Becquer, 1836-1870) : 스페인의 서정시인. 격정적인 로맨틱에
서 분리시켜 사랑으로 가득찬 새로운 서정을 작품속에 담고 있다.

소네트 18

셰익스피어

내 그대를 여름날에 비교할까요?
그대는 그보다 더 곱고 더 화창하군요
거친 바람이 오월의 고운 꽃봉오리를 뒤흔들고
여름의 기간은 너무나 짧지요
이따금 태양은 너무 뜨겁고 가끔 그 황금빛 얼굴이
흐려질 때도 있지요
아름다운 것은 때로 쇠퇴하고
우연히 아니면 자연의 변화로 고운 빛 상하지요
그러나 그대의 영원한 여름은 퇴색하지 않고
그대가 지닌 아름다움은 가시지 않을 거요
죽음도 제 그늘에서
그대가 방황한다고 뽐내지 못할 거요
그대는 불멸의 시행 속에서 시간과 함께 살 것이오
인간이 숨쉬고 눈이 볼 수 있는 한
이 시가 살아 그대에게 생명을 주는 한.

사랑은 절대 잃어버리지 않습니다. 만일 그대가 누군가를 사랑했을 때, 그가 사랑
을 받지 않으면 그대의 사랑은 다시 그대에게 돌아와서 그대의 마음을 따스한 군
불처럼 위로해 줄 것입니다.   – 워싱턴 어빙

소네트 29

셰익스피어

운명에 버림당하고 세상의 사랑 얻지 못하여
나 혼자서 버림당한 내 신세를 탄식하며
대답 없는 하늘을 향해 헛되이 외쳐보고
나 자신을 돌보며 운명을 저주하고

희망으로 가득 찬 사람들을 부러워하고
잘생긴 사람과 친구 많은 사람을 시샘하고
이 사람의 재간과 저 사람의 능력을 탐내며
나와 나의 것에 대하여 전혀 만족하지 못할 때
이렇듯 생각 속에 자신을 경멸할 때에도__
어쩌다 님을 생각하면
내 신세는 새벽녘 우울한 대지로 솟아오르는
종달새 되어 천국의 문턱에서 노래한다
님의 그 달콤한 사랑으로 내 마음은 부자 되리니
나는 내 신세를 왕과도 바꾸지 않으리라.

누군가를 진정으로 사랑하려고 한다면 그 사람의 사랑할 만한 약점 몇 개를 갖고
있어야 합니다. 그 사람에 대하여 미소를 띨 일이 전혀 없는 사람은 사랑할 수 없
기 때문에……
― A. 모로와

노래

셰익스피어

더 이상 여름 햇볕을 두려워하지 마라
무서운 겨울의 분노 역시 마찬가지다
너는 이 세상에서의 임무를 마치고
옛집으로 돌아가 보상을 받았다
눈부신 젊은이도 아가씨도 모두
새까만 굴뚝 청소부와 마찬가지로 흙이 되리라

고귀한 사람의 언짢은 표정에 신경쓸 필요없고
폭군의 보복도 네게는 도달하지 않는다
입을 옷과 먹을 음식에 대한 걱정은 끝나고
약한 갈대와 강한 떡갈나무의 구별도 사라졌다
왕홀(王笏)도 학문도 의술도 모두
이 운명에 따라서 흙이 되는 것이다

더 이상 번개의 섬광을 두려워하지 마라
모든 사람이 꺼리는 천둥 역시 마찬가지다
중상과 밑도 끝도 없는 비난에 신경쓰지 말고
기뻐하거나 슬퍼해야 할 번거로움도 끝이 났다
서로 사랑하는 젊은이들 누구라 할 것 없이

너를 본받아 뒤따라서 흙이 되리라.

셰익스피어(William Shakespeare,1564-1616) : 영국의 시인 · 극작가. 영국이 낳은 국민시인이며 현재까지 가장 뛰어난 극작가로 손꼽힌다. 특히 그는 소네트로 서정시인의 자질을 유감없이 발휘하고 있다.

고상한 인품

사무엘 존슨

사람을 더욱 훌륭하게 해주는 것은
나무처럼 크기가 자라는 것은 아니다
또한 말라버려 낙엽 지고 시들어
마침내 통나무로 쓰러지는 참나무처럼
3백 년 동안 버티고 서 있는 것도 아니다
하루살이 생명인 백합화조차
비록 그날 밤에 시들어 죽기는 해도
5월이면 그들보다 훨씬 아름답다
그것은 빛의 풀이며 꽃이어라
우리는 참다운 아름다움을 보고
짧은 기간 안에서도 인생은 완전해질 수 있다.

사무엘 존슨(Samuel Johnson,1709-1784) : 영국의 시인 · 비평가 · 수필가. 그는 고전
주의의 정통을 지켰으며, 작품보다 오히려 인간적 매력으로 사랑을 받아 '문단의 총
본산'이라고 불렸다.

순수의 노래

블레이크

모래 앞에서 세계를
들꽃에서 하늘을 본다
너의 손바닥에 무한을
시간에 영원을 잡는다

밤을 없애려 밤에 태어난
이의 눈으로 보지 않으면
우리는 거짓을 믿게 되리
영혼이 빛의 둘레에서 잠자는 때에

하나님은 나타나신다
밤을 사는 가난한 영혼에는 빛으로
낮을 사는 영혼에는
사람의 모습으로.

나는 이렇게 내 인생을 살아가리니, 매일 일어나는 일상의 평범한 일들을, 방금
골목을 돌아서 이제 처음 인생에 부딪친 것처럼.
– 크리스토퍼 프라이

어린이의 기쁨

블레이크

"나는 아직 이름이 없답니다.
태어난 지 이틀밖에 안 되는 걸요."
네 이름을 무엇이라 불러야 하나?
"나는 바로 행복이지요.
기쁨이 내 이름에 어울릴 걸요."
달콤한 기쁨이여, 네게 있어라!

아름다운 기쁨이여!
달콤한 기쁨이다, 이틀배기야.
달콤한 기쁨이라 이름붙이자.
아가야 웃어보아라.
노래를 불러줄게.
달콤한 기쁨이여, 네게 있어라!

사람의 마음속에는 두 개의 침실이 있어 기쁨과 슬픔이 살고 있다. 한 방에서 기쁨이 깨어났을 때 다른 방에서는 슬픔이 잠을 잔다. 그러니 기쁨아! 조심하여라. 슬픔이 깨지 않도록.
　　　　　　　　　　　　　　　　　　　　　　　　　　　　　　　　　　- J. H. 뉴먼

34

사랑의 비밀

블레이크

사랑을 말하려 하지 말지니
사랑은 말로 할 수 없는 것이라
어디서 생기는지 알 수도 없고
눈에도 보이지 않는 바람 같은 것

내 일찍이 내 사랑을 말하였지
내 마음의 사랑을 말하였더니
그녀는 새파랗게 질려 떨면서
내 곁을 떠나고야 말았네

그녀가 내 곁을 떠나간 뒤에
나그네 한 사람이 다가오더니
어디로 가는지 알 수도 없게
한숨지으며 그녀를 데려갔다네.

블레이크(William Blake,1757-1827) : 영국의 시인 · 화가 · 판화가 · 신비주의자. 신비주의자로서 그의 시는 난해한 점이 많지만, 장엄한 스타일과 순수한 정열은 높이 평가받는다. 19C 말까지는 정신이상자로 불리웠지만, 20C에 들어와서 독창적인 시인으로 사랑받았다.

초원의 빛

워스워스

여기 적힌 먹빛이 희미해짐에 따라
그대 사랑하는 마음 희미해진다면
여기 적힌 먹빛이 말라버리는 날
나 그대를 잊을 수 있을 것입니다

초원의 빛이여!
꽃의 영광이여!

그것이 돌아오지 않음을 서러워 마십시오
그 속에 간직된 오묘한 힘을 찾을지라
초원의 빛이여! 그 빛이 빛날 때
그때 영광 찬란한 빛을 얻으소서.

희망의 시간에서 절망의 시간으로, 그리고 그 절망의 시간에서 피가 맺히는 죽음
의 시간까지는 단 한 발자국밖에 되지 않는다.
                                                        – 세이페르트

루시

워즈워스

더브의 샘물가
인적 없는 외진 곳에 그 소녀는 살고 있었네
칭찬해 주는 사람 아무도 없고
사랑해 주는 사람 또한 없었던 소녀

이끼 낀 바위 틈에 반쯤 숨어버린
다소곳이 피어 있는 한 송이 오랑캐꽃
어두운 밤하늘에
홀로 반짝이는 샛별처럼 아름답던 소녀

아는 이 전혀 없이 혼자 살다가
아는 이 전혀 없이 삶을 거둔 가엾은 루시
이제는 무덤 속에 고이 잠들었으니
오! 나에겐 세상이 달라졌도다.

이 세상이 언제 누구에게 어떤 임무를 부여하든 간에, 그것은 그때 그 사람의 행
복을 위한 것이다.   – 마르쿠스 아우렐리우스

무지개

워즈워스

하늘의 무지개 바라보면
내 마음 뛰노나니
나 어려서 그러하였고
어른된 지금도 그러하거늘
나 늙어서도 그러하리다
아니면 이제라도 나의 목숨 거두어 가소서

어린이는 어른의 아버지
바라노니 내 생애의 하루하루가
천성의 경건한 마음으로 이어지리다.

워즈워스(William Wordworth,1770-1850) : 영국의 시인. 북부의 호수 지방에서 태어나 고향의 자연에서 결정적인 영향을 받았다. 자전적 서사시 〈서곡〉은 그의 자연관·인생관을 이해하는 데 중요한 자료인 동시에 그의 최대 역작이기도 했다.

마음의 교환

새뮤얼 콜리지

나는 내 사랑과 마음을 교환하였다
내 품에 그이를 품었으나
왜 그런지 나는
포플러 나뭇잎처럼 와들와들 떨었다
그이는 아버지의 승낙을 받으라고 했다
그이의 아버지를 만나며 나는 갈대처럼 떨었다
의젓하게 행동하려 했으나 그러지 못했다.
우리는 이미 마음을 나눈 사인인데도……

새뮤얼 콜리지(Samuel Taylor Coleridge,1772-1834) : 영국의 시인. 1795년 워즈워스
와 알게 되었다. 그의 천재적인 몽상의 갈등은 시를 만나면서 자리잡게 되었다. 이것
이 두 사람의 공저 〈서정 시집〉으로 나타나 낭만주의 문학의 새벽을 열게 된다.

이별

랜더

다툴 값어치가 없기에 싸움 없이 살았다
자연을 사랑했고, 또 예술을 사랑했다
두 손을 생명의 불 앞에 쪼이었으나
불은 꺼져가고 이제 미련 없이 나 떠나련다.

랜더(Walter Savage Landor,1775-1864) : 영국의 작가. 역사적인 인물들의 대화를 산문
형식으로 적은 〈상상적 대화〉가 대표작이다.

메리에게

클레어

너는 나와 함께 자고 함께 눈 뜨는데
나 있는 곳에는 없구나
나는 내 품에 너를 향한 그리움 가득 안고
한갓 공기만을 품을 따름이다
네 모습은 보이지 않는데
네 눈은 나를 바라보고 있고
아침이나 낮이나 그리고 또 밤에도
내 입술은 언제나 네 입술에 닿아 있다.

클레어(John Clare,1793-1864) : 영국의 낭만파 시인. 농부의 아들로 태어나 전원시를
썼으나 빛을 보지 못했다. 가난에 시달리다 미쳐 결국 정신병원에서 보냈다.

오늘

칼라일

여기에 또 다른
희망찬 새 날이 밝아온다
생각하라, 그대는 이 날을
쓸모 없이 흘려보내려 하는가?

이 새 날은
영원으로부터 생겨나고
밤이 오면 또한
영원으로 돌아간다

우리는 시간 앞에서 그것을 보지만
누구도 그 실체를 본 사람은 없고,
또한 그것은 바로
모든 눈에 영원히 보이지 않게 된다

여기에 또 다른
희망찬 새 날이 밝아온다
생각하라, 그대는 이 날을
쓸모 없이 흘려보내려 하는가?

칼라일(Thomas Carlyle,1795-1881) : 영국의 평론가 · 역사가. 역사에 있어서 개인(영웅)의 힘을 강조한 그는 자전적인 〈의상 철학〉을 발표했고 독일 철학을 영국에 보급시켰다.

모랫벌을 건너며

테니슨

해는 지고 저녁별 빛나는데
날 부르는 맑은 목소리
내 멀리 바다로 떠날 때에
모랫벌아, 슬피 울지 말아라

끝없는 바다로부터 왔던 이 몸이
다시 고향으로 돌아갈 때
움직여도 잔잔해서 거품이 없는
잠든 듯한 밀물이 되어주오

황혼에 울리는 저녁 종소리
그 뒤에 찾아드는 어둠이여!
내가 배에 올라탈 때
이별의 슬픔도 없게 해주오

이 세상의 경계선인 때와 장소를 넘어
물결이 나를 멀리 실어간다 하여도
나는 바라노라, 모랫벌을 건넌 뒤에
길잡이를 만나서 마주보게 되기를.

진정한 사랑은 단지 동물에게 자신의 먹이를 나누어 주는 것이 아니다. 그것은 당
신이 배가 고픔에도 불구하고 동물과 함께 먹이를 나누어 먹을 수 있는 것이다.
- 작자 미상

담에 핀 한 송이 꽃

테니슨

담에 핀 한 송이 꽃이여!
나는 너를 담에서 뽑아
뿌리째 손에 들었다
조그만 뜻이여… 만일 내가
뿌리와 네 모든 것을 알 수 있다면
하나님도 사람도 모두 알 수 있으련만….

테니슨(Alfred Tennyson,1809-1892) : 영국의 시인. 1850년 워즈워스의 뒤를 이어 계
관시인이 되었으며, 아서왕의 전설을 주제로 한 〈국왕 목가〉〈이녹 아든〉 등이 유명하
다. 시집 〈모드〉에는 회의적인 사상이 나타나고 있다.

만남

로버트 브라우닝

바다는 회색이요 먼 육지는 먹빛인데
노란 반달은 크게 나직이 떠 있다
잔물결은 잠에서 깨어 불꽃처럼
둥근 고리를 이루며 뛰어오르고,
나는 배를 밀어 갯벌에 닿아
질퍽한 모랫길을 천천히 걸어간다

바닷바람 따스하고 향기로운 해변 5리
들판을 세 번 넘으면 시골집 한 채 있어
살짝 창 두드리면 이어 불 켜는 소리,
성냥불은 파랗게 빛을 내고 있고
목소리는 기쁨과 두려움으로 해서
두 심장이 뛰는 소리보다 낮다.

다시는 돌아오지 않는 것, 그것이 삶을 달콤하게 만드는 것이다. - 에밀리 디킨슨

어느 인생의 사랑

로버트 브라우닝

우리 둘이 살고 있는 집
방에서 방으로
나는 그대를 찾아 샅샅이 둘러본다
내 마음아 불안해 마라, 이제 곧 찾게 된다
이번엔 찾았다! 하지만 커튼에 남겨진
그대의 손이 닿은 벽장식 꽃송이는 향기 뿜고
저 거울은 그대의 매무새 비치며 밝게 빛난다.

사랑하는 것을 불행하다고 해서는 안 된다. 보답받을 수 없는 사랑일지라도 그 안
에는 무지개가 있다.
　　　　　　　　　　　　　　　　　　　　　　　　- 제임스 베리

가장 위대한 사람

로버트 브라우닝

지금까지 누구 하나
주님의 몸으로부터
그것을 만져 닳아 없애기 위해
누더기 한 조각도 뜯을 수 없었다
그러나 그렇기 때문에
주님은
가장 위대한 사람으로 보이고
더욱 좋아할 수 있는 분이 되었다.

로버트 브라우닝(Robert Browning,1812-1889) : 빅토리아 시대를 대표하는 영국 시인. 고전문학을 즐기는 아버지로부터 재능을 이어받고, 독일계 어머니로부터는 사색적 소질과 신앙심을 물려받았다. 여류시인 엘리자베스와 결혼하면서 많은 연애시를 발표하고 시적 독백이라는 형식으로 성격 해부와 심리 묘사를 시도하여 독창적인 시세계를 만들어냈다.

기억해 줘요

크리스티나 로제티

나를 기억해 줘요
내가 가고 없을 때
머나먼 침묵의 나라로 아주 가버렸을 때
당신이 나를 품에 안지 못하고
내 목숨이 몸부림치지 못하게 될 때

나를 기억해 줘요
우리 장래에 대한 계획을 나에게 더 말하지 못하게 될 때
나를 기억해 줘요
그때는 의논도 기도도 할 수 없는 것을 당신은 아나니,
나를 기억해 주기만 해요.
행여 나를 잠시 잊어야 할 때가 있을지라도
곧 다시 기억해 줘요

가슴 아파하지 말아요.
잊지 못하고 괴로워하느니보다는
잊고서 웃는 것이 더 좋다는, 예전에
내가 가졌던 그런 생각의 흔적에서
어둠과 부패가 사라지게 되거든 기억해 줘요.

사람이 자기 자신을 알기 시작했을 때 비로소 인생이 시작된다. 그리고 인생을 알
기 시작했을 때, 사람은 다른 사람을 이해하기 시작한다.　　　　　　- 맥 그라한

노래

크리스티나 로제티

내가 죽거든, 사랑하는 사람이여
날 위해 슬픈 노래를 부르지 마세요
내 머리맡에 장미도 심지 말고
그늘진 삼나무도 심지 마세요
내 위에 푸른 잔디를 퍼지게 하여
비와 이슬에 젖게 해주세요
그리고 마음이 내키면 기억해 주세요
아니, 잊으셔도 좋습니다

나는 사물의 그늘도 보지 못하고
비가 내리는 것조차 느끼지 못하리다
슬픔에 잠긴 채 계속해서 울고 있는
나이팅게일의 울음소리도 듣지 못하리다
날이 새거나 날이 저무는 일 없는
희미한 어둠 속에서 꿈꾸며
아마 나는 당신을 잊지 못하겠지요
아니, 잊을지도 모릅니다.

사람을 가장 불편하게 만들고, 가장 큰 불행으로 이끄는 유혹은 "남들도 다 그렇
게 하니까"라는 말이다. – 레오 톨스토이

네 가지 대답

크리스티나 로제티

무거운 건?
바다의 모래와 슬픔
짧은 건?
오늘과 내일
약한 건?
꽃과 젊음
깊은 건?
바다와 진리

크리스티나 로제티(Christina Rossetti,1830-1894) : 영국의 시인 · 작가. 종교적 작품
보다도 자유 분방한 상상과 섬세한 미를 보인 초기의 동요시 〈요귀의 시장〉등이 뛰어
나다.

사랑은 선물입니다

둘

사랑하는 사람아

롱펠로

사랑하는 사람아, 편히 쉬거라
내 너를 지키러 이곳에 왔다
네 곁이라면
네 곁이라면
혼자 있어도 나는 기쁘다

네 눈동자는 아침의 샛별
네 입술은 한 송이 빨간 꽃

사랑하는 사람아, 편히 쉬거라
내가 싫어하는 시계가
시간을 헤아리고 있는 동안에.

사랑하는 사람이 보이지 않게 되면 작은 사랑은 더 작아지고, 큰 사랑은 더 커진
다. 바람이 불면 촛불은 꺼지고, 큰 불은 더욱 거세지는 것처럼…… - 라 로슈푸코

비오는 날

롱펠로

날은 춥고 어둡고 쓸쓸한데
비는 내리고 바람은 그치지 않네
앙상한 담쟁이는 무너져가는
돌담에 매달려 있으나
한 번씩 스쳐가는 겨울 바람에 잎은 떨어지고
날은 춥고 어둡고 쓸쓸하네

내 인생도 춥고 어둡고 쓸쓸하네
비는 내리고 바람은 그치지 않네
나의 생각도 무너져가는 과거에 매달려 있지만
스쳐가는 겨울 바람에 젊은 꿈은 모두 흩어지고
날은 춥고 어둡고 쓸쓸하네

진정하라 슬픈 가슴이여 원망하지 마라
먹구름 뒤에는 아직도 밝은 태양이 있으니
너의 운명도 모든 사람의 운명과 다르지 않으나
어느 누구의 생애도 얼마만큼의 비는 내리는 것
어둡고 춥고 쓸쓸한 것도 피할 수 없는 것.

진실한 사랑은 영원하고 무한하며, 언제나 변함없는 것이다. 그것은 백발이 되기
까지 영원한 것이며, 마음은 항상 젊은 것이다.
— 발자크

화살과 노래

롱펠로

나는 공중에 화살 하나 쏘았네
그것은 땅에 떨어졌고 행방을 알 수 없네
너무 빨라서 눈으로
그것을 쫓을 수 없었네

나는 허공에 노래 하나 띄웠네
그것은 땅에 떨어졌고 나는 행방을 알 수 없네
예민하지도 밝지도 못한 눈으로
노래의 간 곳을 쫓을 수 없었네

세월이 흐른 뒤 한 참나무 밑둥에서
나는 아직 꽂혀 있는 화살을 찾았고
노래는 처음부터 끝까지
한 친구의 가슴 속에 살아 있는 것 보았네.

사랑에 빠진 사람과 그렇지 않은 사람의 차이는 불이 켜진 램프와 불이 꺼진 램프와 같다. 지금 사방에 빛을 뿌리고 있을 때, 그것이 바로 램프의 진정한 기능이다.
– 빈센트 반 고흐

석양

롱펠로

여름의 태양이 기울기 시작하니
이제는 나무 꼭대기만이 붉게 빛나고 있다
마을의 교회 지붕 위에 있는 바람개비만이
지는 해에 비치어 불타고
이제는 모두가 어둠에 잠기고 있다
아, 아름다워라! 여름 날이여!
너는 하루 종일 무엇을 주고
무엇을 가져 가려느냐?
죽음과 삶, 사랑과 미움, 행복과 슬픔
슬픈 가슴과 즐거운 마음.

롱펠로(Henry Wadsworth Longfellow,1807-1882) : 미국의 시인. 하버드에서 어학과
문학을 가르치고 시창작을 계속했다. 특히 〈신곡〉을 영어로 번역하였는데 뛰어난 번
역으로 유명하다.

유성

그레이브스

저 먼 밤하늘에 유성이 반짝이듯
그대는 내 하늘에 반짝였습니다
아! 내 어이 반하지 않겠습니까,
내 마음속 깊이 그대가 떨어졌는데
오흐운!

하늘에 불타는 별빛보다 더 진실한 것
그대의 사랑에 넘친 눈이라 믿었건만
돋은 별 찬란히 계속 빛나고 있는데
내 유성 사라져간 곳이 없습니다
오흐운!

이제 새 연인 생겼으니 내가 할 일은
말없이 이마에 주름을 잡는 일입니다
죽는 날까지 내 할 일 충실히 지키리니
새 연인의 이름은 바로 슬픔이랍니다.
오흐운!

그레이브스(Robert Graves,1895-1985) : 영국의 시인·소설가. 시론 〈하얀 여신〉〈최고의 특권〉에서 시에 원초적인 외경의 감정을 회복하자고 주장하면서 현대시에 독창적인 개성과 미래의 전망을 담고 있다.

작은 것

카니

작은 물방울
작은 모래알
그것이 크나큰 바다가 되고
아름다운 나라가 된다

작은 '때'의 움직임
비록 그것은 하찮아도
마침내 영원이라고 하는
커다란 시대가 된다

작은 친절
작은 사랑의 말
그것이 지구로 하여금 에덴이 되게 하고
천국과 같게 만든다

작은 자선은
젊은이의 손으로 뿌려지고
사람들에게 은혜를 입힌다
머나먼 이교도의 나라에서.

카니(Julia A Carney,19세기 전반) : 미국의 여류시인.

희망은 날개를 가지고 있는것

디킨슨

희망은 날개를 가지고 있는 것
영혼 속에 머물면서
가사 없는 노래를 부르면서
결코 멈추는 일이란 없다

광풍 속에서 더욱더 아름답게 들린다
폭풍우도 괴로워하리라
이 작은 새를 당황케 하여
많은 사람의 마음을 따뜻하게 했었는데

얼어붙을 듯 추운 나라나
멀리 떨어진 바다 근처에서 그 노래를 들었다
그러나 어려움 속에 있으면서 한 번이라도
빵조각을 구걸하는 일은 하지 않았다.

인생에는 수많은 모습이 있지만, 그것을 해결할 길은 오직 사랑뿐이다. 사랑은 나
자신을 위해서는 약하고 남을 위해서는 강하다.
— 톨스토이

한 시간의 기다림은

디킨슨

한 시간의 기다림은- 길다-
만일 사랑이 바로 거기에 있다면-
영원한 기다림은- 짧다-
만일 사랑이 종말을 향한 것이면.

우리가 제일 먼저 성공적으로 이루어야 할 일은 바로 우리 자신과의 사랑이다. 그
런 다음에야 비로소 다른 사람과 사랑의 관계를 시작할 수 있다.
　　　　　　　　　　　　　　　　　　　　　　　- 레오 버스카글리아

내가 만일 애타는 한 가슴을

디킨슨

내가 만일 애타는 한 가슴을
달랠 수만 있다면
내 삶은 헛되지 않아요
내가 만일 한 생명의 아픔을 덜어 주고
고통 하나를 식혀 줄 수 있다면
그리고 또한 힘이 다해가는 로빈새 한 마리를
그 둥지에 다시 올려 줄 수만 있어도
나의 삶은 결코 헛되지 않아요.

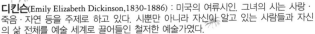

디킨슨(Emily Elizabeth Dickinson,1830-1886) : 미국의 여류시인. 그녀의 시는 사랑·
죽음·자연 등을 주제로 하고 있다. 시뿐만 아니라 자신이 알고 있는 사람들과 자신
의 삶 전체를 예술 세계로 끌어들인 철저한 예술가였다.

선물

티즈데일

나는 첫사랑에게 웃음을 주었고
둘째 사랑에게는 눈물을 주었다
셋째 사랑에게는 아주 오랫동안
깊고 깊은 침묵을 선물하였다

내게 첫사랑은 노래를 주었고
내게 둘째 사랑은 눈을 주었다
오, 그러나 나의 셋째 사랑은
내게 나의 영혼을 선물하였다.

티즈데일(Sara Teasdale,1884-1933) : 미국의 여류시인. 개인적인 주제의 짧은 서정시
를 쉬운 언어로 써서 독자들의 사랑을 받았다. 1917년 〈사랑의 노래〉로 시 부문 퓰리
처 상을 수상했다.

도움말

 휴스

내 말을 잘 듣게 여보게들,
태어난다는 것은 괴로운 일
죽는다는 것은 비참하지—
그러니 꽉 붙잡아야 하네
잠시 동안 사랑한다는 일을
그 사이에 말일세.

휴스(James Mercer Langston Hughes,1902-1967) : 미국의 흑인 시인·소설가. 블루스
나 민요를 능숙하게 풀어내는 시풍으로 1920년대 흑인 문예부흥의 선구자가 되었다.

마리아의 노래

노발리스

아름다운 천 폭의 그림 속에서
마리아여 나는 네 모습을 본다
하지만 그 어느 그림 속에도
내 혼에 비친 네 모습은 보이지 않는다

이 세상 물결은 한낱 꿈결처럼
내게서 멀리 사라져버리고
하늘 위의 말 못할 크나큰 즐거움은
내 혼에 깊이 자리하고 있음을 알 뿐이다.

노발리스(Novalis,1772-1801) : 독일의 시인 · 소설가. 독일 전기 낭만파의 대표 작가.
두 여인과의 사랑은 사랑과 죽음의 체험을 가져와 그를 시인으로 만들었고, 문학적
성격을 결정지었다.

키스

그릴파르처

손 위에 하는 것은 존경의 키스
이마 위에 하는 것은 우정의 키스
뺨 위에 하는 것은 감사의 키스
입술 위에 하는 것은 사랑의 키스
감은 눈 위에라면 기쁨의 키스
손바닥 위에라면 간구의 키스
팔과 목에 하는 것은 욕망의 키스
그 밖에 하는 것은 모두 미친 짓!

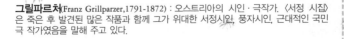

그릴파르처(Franz Grillparzer,1791-1872) : 오스트리아의 시인 · 극작가. 〈서정 시집〉
은 죽은 후 발견된 많은 작품과 함께 그가 위대한 서정시인, 풍자시인, 근대적인 국민
극 작가였음을 말해 주고 있다.

인생

플라텐

세상이 어떤 것인지 알 사람 누구인가
사람들 모두 반생을 꿈속에 지내며
중병에 걸린 환자처럼 무리 속에서
어리석은 사람들과 허튼 말을 나누면서
사랑이란 번민에 빠져 괴로워하는 것
그다지 생각도 못하고 하는 일도 없이
건들건들 놀다가 죽는 것이라 하네.

플라텐(August Graf von Platen,1796-1835) : 독일의 시인. 〈베네치아 14행시〉는 조형
적이고 객관적인 아름다움을 담고 있을 뿐아니라, 최고의 고상함으로 소네트 형식의
최고라고 일컫는다.

잠잘 수 없다

슈토름

무서운 꿈에 눈을 뜨면
한밤에 종달새 소리가 들린다
해는 벌써 지고 아침은 아직 멀기만 한데
베개에 찬란히 비치는 별빛 빛나는 달밤

그런데도 계속해서 들려오는 종달새 노래소리
아아, 때 아닌 이 소리에 나의 가슴은 설렌다.

나는 이제야 깨달았다. 사람이 오직 자기 자신의 일을 생각하는 마음으로 살아갈
수 있다는 것은 그저 인간들의 착각일 뿐, 실제로 인간은 사랑의 힘에 의해 살아
가고 있다는 것을.
— 톨스토이

사랑의 팔

슈토름

사랑의 팔에 안긴 일이 있는 사람은
절대로 비참해지는 일이 없다
낯선 땅에서 홀로 죽을지라도
연인의 입술에 닿아서 느낀
지난날의 행복이 다시 되살아나
죽음의 자리에서조차도
그녀를 자기 것으로 느끼게 마련이다.

슈토름(Theodor Storm,1817-1888) : 독일의 시인 · 소설가. 서정시 · 단편소설 등을 통해 향토성 넘치는 문학으로 시적 리얼리즘의 지도자가 되었다. 〈시집〉에서는 전쟁에서 겪는 지식인의 애국심이 뜨거운 마음으로 노래되고 있다.

너는 날렵하고 청순하여

게오르게

너는 날렵하고 청순하여 불꽃 같고
너는 상냥하고 밝아서 아침 같고
너는 고고한 나무의 꽃가지 같고
너는 조용히 솟아오르는 깨끗한 샘물 같다

햇살 따스한 들판으로 나를 따르고
저녁놀 진 안개에 나를 잠기게 하며
그늘 속에 내 앞을 비추어주는
너는 차가운 바람, 너는 뜨거운 입김

너는 내 소원이며 내 추억이니
숨결마다 나는 너를 호흡하며
숨을 들이쉴 때마다 너를 들이마시면서 함께
내음과 나는 네게 입맞춤한다

너는 고고한 나무의 꽃가지
너는 조용히 솟아오르는 깨끗한 샘물
너는 날렵하고 청순한 불꽃
너는 상냥하고 밝은 아침.

게오르게(Stephan George,1868-1933) : 독일의 시인. 프랑스의 상징파 시인 특히 말라르메와의 만남은 그의 '예술을 위한 예술'의 근본 태도를 결정짓게 했다. 나치즘의 부상에 강하게 반대하여 스위스로 망명하여 그곳에서 죽었다.

결론

마야코프스키

사랑은 씻겨지는 것이 아니니
말다툼에도
거리감에도
검토도 끝났다
조정도 끝났다
검사도 끝났다
이제야말로 엄숙하게 서툰 시구를 받들어
맹세합니다.
나는 사랑하오
진심으로 사랑하오!

마야코프스키(Vladimir Vladimirovich Mayakovsky,1893-1930) : 소련의 시인. 소련 문학에서 최대의 시인이라 불리운다. 혁명 후, 사랑에 실패하고, 소련의 현실에 적응하지 못해 모스크바에서 자살했다.

네 부드러운 손으로

라게르크비스트

네 부드러운 손으로
내 눈을 감게 하면
태양이 빛나는 나라에 있는 것처럼
내 주위는 환하게 밝아진다

나를 어스름 속으로 빠뜨리려 해도
모든 것은 밝아질 뿐이다!
너는 내게 빛, 오직 빛밖에
달리 더 줄 수 있는 것이 없다네.

라게르크비스트(Par Lagerkvist,1891-1974) : 스웨덴의 시인 · 소설가 · 극작가. 제1차
세계대전이 일어난 후 인생의 공허함과 세상의 혼돈에 대한 '고민의 문학'으로 스웨
덴 문학을 이끌었다.

여자의 마음

예이츠

기도와 평화로 가득 찬
방 따위가 내게 무슨 소용 있습니까
그대 날더러 어둠 속으로 나오라 하시기에
나의 가슴 그대의 가슴 위에 있습니다

어머니의 걱정이나
아늑하고 따뜻한 집 따위
내게 무슨 소용 있습니까
꽃같이 까만 나의 머릿단
폭풍으로부터 우리를 가리워 줄 것입니다
우릴 에워싸주는 머릿단과 이슬 머금은 눈이여
나에겐 이미 삶도 죽음도 없습니다
나의 가슴은 그대의 따뜻한 가슴 위에 있고
나의 숨결은 그대의 숨결에 얽혀 있습니다.

물건을 사고 싶은 땐 돈을 지불해야 한다. 하지만 사랑을 사고 싶을 때라면 당신
은 당신 자신을 지불해야만 한다. 사랑의 값은 당신이다. ― 아우구스티누스

72

첫사랑

예이츠

공중에 떠다니는 달과도 같이
아름다움의 잔인한 종족으로 자라기는 했지만
그녀는 걸어가다 얼굴 붉히고
내 가는 길을 막아 섰다
드디어 나는 생각하였다
그녀의 몸은 살과 피의 심장을 지니고 있다고

그러나 내 손 그 위에 올려 놓고
돌의 심장임을 안 이후
나는 많은 것을 시도하였지만
하나도 이루어 놓은 것이 없다
달 위를 스쳐 지나가는 모든 손은 미치고야 만다

그녀의 미소에 나는 변해서
시골뜨기가 되어 버렸다
여기 저기를 서성거리고
마음은 달이 나타났을 때
하늘을 돌고 있는 별보다도
한층 더 공허하다.

인간의 지고한 행복은 좀처럼 생기지 않는 커다란 행운의 조각이 아니라 나날의
사소한 이득으로 이루어진다.   – 벤자민 프랭클린

하늘의 옷감

예이츠

금빛 은빛 무늬가 있는
하늘이 수놓은 옷감이
밤과 낮 어스름한 저녁때
푸르고 검은 옷감이
내게 있다면
그대의 발 밑에 깔아 줄 텐데
가난하여 가진 것 오직 꿈뿐이기에
그대 발 밑에 내 꿈을 깔았으니
사뿐히 걸으소서,
내 꿈 밟고 가는 그대여.

짧은 시간만이라도 당신과 내가 바뀌었음 해요. 그래야 당신은 내가 당신을 얼마
나 사랑하는지 알 수 있을 테니까요.   – 벨프헤

내 사랑아

에이츠

내 사랑 나의 사랑아
나는 누구보다 더 잘 알고 있지
무엇이 그대의 가슴을 그토록 뛰게 하는지
그대의 어머니조차도
나만큼은 모르리
그 열렬한 생각이
그녀는 부인하고 그리고 잊어버렸지만
그녀의 피를 온통 들끓게 하고
그녀의 눈을 반짝이게 할 때
그녀 때문에 내 마음 아프게 했던 게
누구인지를.

예이츠(William Butler Yeats, 1865-1939) : 아일랜드의 시인·극작가. 1891년에는 런던에, 이듬해에는 더블린에 아일랜드 문예협회를 창립하여 문학자와 민중과의 협력에 의한 문예운동을 일으켰다. 이 운동은 아일랜드 독립에 큰 공헌을 하였다. 1923년 노벨 문학상을 수상했다.

흰 달

폴 베를렌

흰 달빛
숲속에서 빛나고
가지들마다
나무 그늘 아래로
어떤 목소리 흘러나오네

아, 진정으로 사랑하는 이여

반사되는 연못은 깊은 거울
바람이 울고 있는
검은 버드나무의
그림자 드리우네
꿈을 꾸자 지금은 꿈을 꿀 시간

하늘에서 내려오는 듯한
달무리 지는
아주 부드러운
평화로구나
지금은 더없이 좋은 시간.

내가 헛되이 살았다고 생각하는 때는 웃음이 없었던 날들이다.   – N. S. 샹포르

돌아오지 않는 옛날

폴 베를렌

추억 추억이여 나에게 어떻게 하라는가?
가을은 흐린 하늘에 지빠귀를 날리고
태양은 하늬바람이 부는 황파의 숲에
건조한 빛을 던지고 있다

우리는 단 둘이서 꿈꾸며 걷고 있었다
그대와 나 머리와 마음을 바람에 맡긴채
느닷없이 감동의 시선을 던지며
시원한 황파의 소리가 말했다
"그대와 가장 행복한 때는 언제였는가"

그 소리 천사의 그것처럼 부드럽고
낭랑하게 울려퍼졌다
내 신중한 미소가 이에 답했다
그리고 경건하게 그 흰 손에 입맞추었다

아! 처음 핀 꽃 얼마나 향기로운가
그리고 연인의 입술에서 새어나오는 첫 승낙이
얼마나 마음 설레게 하는 아름다운 속삭임인가.

우리는 너무 자주 잊고 사는 것은 아닌지…… 돈은 물질을 나타내는 말이고, 희망
은 마음을 나타내는 말이고, 사랑은 영혼을 나타내는 말이라는 것을.
— 아리스토텔레스

거리에 비가 내리듯

폴 베를렌

거리에 비가 내리듯
내 마음에 눈물 흐른다

가슴 속에 스며드는
이 설레임은 무엇일까

대지에도 지붕에도 내리는
빗소리의 아름다움이여
답답한 마음에
아! 비 내리는 노래소리여

울적한 마음을 따라
까닭 모를 눈물이 내린다
웬일인가 원한도 없는데
이 슬픔은 어디에서 오는가

이건 진정 까닭 모르는
가장 괴로운 고통
사랑도 없고 증오도 없는데

내 마음 한없이 괴로워라.

폴 베를렌(Paul Verlaine 1844-1896) : 프랑스의 시인. 말라르메와 함께 프랑스 상징파의 대표자라 일컫는다.

애가

프랑시스 잠

'내 사랑이여' 하고 당신이 말하면
'내 사랑이여' 라고 나는 대답했네
'눈이 내리네' 하고 당신이 말하면
'눈이 내리네' 라고 나는 대답했네

'아직도' 하고 당신이 말하면
'아직도' 라고 나는 대답했네
'이렇게' 하고 당신이 말하면
'이렇게' 라고 나는 대답했네

그 후 당신은 말했지 '사랑해요'
나는 대답했네 '나는 당신보다 더' 라고
'여름도 가는군' 당신이 내게 말하자
'이젠 가을이군요' 라고 나는 대답했네
그리고는 우리들의 말도 달라졌네
어느 날 마침내 당신은 말하기를
오! 내가 얼마나 당신을 사랑하는데
그래서 나는 대답했네
또 한 번 말해 봐요 또 한 번.
(그것은 어느 거대한 가을 날 노을이 눈부시던 저녁이었다)

                                        – 카렌센스

사랑을 하면 천국을 잠깐 훔쳐볼 수 있다.

검소한 아내를 맞기 위한 기도

프랑시스 잠

주님
저의 아내를 검소하고 정다운 여인으로
맞게 하여 주시옵소서
저의 마음속 깊은 곳에 자리잡을
친구이게 하여 주시옵소서
우리들이 서로 손잡고 잠들게 하여 주시고
아내의 목에는 그의 앞가슴 사이에
숨겨져 있을 은패 달린 긴 은줄의 목걸이를
지니게 하여 주시옵소서
아내의 몸은 여름날 저녁 노을이
번져나갈 무렵 나뭇가지에 아직 잠들어 있을
살구보다도 더욱 매끄럽고 빛나며
또 따뜻하게 하여 주시옵고
우리만이 서로 포옹하며 웃음짓고 침묵할
그 귀한 깨끗함을 아내가 마음속에 지니도록
하여 주시옵소서
아내를 힘차게 하여 주시고 그리고
잠들지 못하는 저의 영혼 위에 잠든 한 떨기 꽃 위의
한 마리 꿀벌과 같이 하여 주시옵고

제가 죽는 그 날에
아내는 저의 뜬 눈을 감게 하옵고
저의 병상 위에 두 손을 모아
서로 손가락이 얽히게 하여 주시옵고
저의 죽음에 가슴 막히고 부풀어오른 괴로움으로
아내가 무릎 꿇고 기도하게 하여 주시옵소서.

잠(Francis Jammes, 1868-1938) : 프랑스의 시인·소설가. 상징파 시인 스테판 말라르메, 소설가 앙드레 지드와 친구가 되었다. 그는 단순하고 소박한 것을 주제로 삼았는데 세기말 프랑스 문학의 피폐적 요소와는 큰 대조를 이루었다.

눈

레미 드 구르몽

시몬, 눈은 그대 목처럼 희다
시몬, 눈은 그대 무릎처럼 희다

시몬, 그대 손은 눈처럼 차다
시몬, 그대 마음은 눈처럼 차다

눈을 녹이려면 뜨거운 키스
그대 마음을 풀려면 이별의 키스

눈은 쓸쓸히 소나무 가지 위
그대 이마는 쓸쓸히 검은 머리카락 밑

시몬, 그대 동생 눈은 뜰에 잠들었다
시몬, 그대는 나의 눈 그리고 내 사랑.

만일 당신이 누군가를 사랑한다면 이렇게 해야 한다. 만약 당신이 나를 사랑해 주
지 않으면, 내가 두 사람 몫의 사랑을 하겠다고 말할 수 있어야 한다.
- 어니스트 헤밍웨이

낙엽

레미 드 구르몽

시몬, 가자 나뭇잎이 져버린 숲으로
낙엽은 이끼와 돌과 오솔길을 덮고 있다

시몬, 그대는 좋아하는가 낙엽 밟는 소리를

낙엽 빛깔은 부드럽고 모양은 쓸쓸하다
낙엽은 버림받고 이 땅 위에 흩어져 있다

시몬, 그대는 좋아하는가 낙엽 밟는 소리를

해질 무렵 낙엽의 모습은 쓸쓸하고
바람만 몰아치면 낙엽은 정답게 외친다

시몬, 그대는 좋아하는가 낙엽 밟는 소리를

발길에 밟히면 낙엽은 영혼처럼 울고
날개 소리 여인의 옷자락 소리를 낸다

시몬, 그대는 좋아하는가 낙엽 밟는 소리를

미래의 행복을 확보하는 가장 확실한 방법은 오늘 허락된 행복을 마음껏 누리는
것이다.
                                                    - C. W. 엘리어트

오라, 우리도 언젠가는 가련한 낙엽이 되리니

오라, 날은 이미 저물고 바람은 우리를 휩쓸고 있다

시몬, 그대는 좋아하는가 낙엽 밟는 소리를.

레미 드 구르몽(Remy de Gourmont, 1858-1915) : 프랑스의 비평가 · 소설가. 세련된 이교사상이라 할 수 있는 개인주의에 의하여 문학과 인생의 모든 문제를 자유로이 말했다.

엘도라도

포우

화려한 옷차림의
늠름한 기사가
엘도라도를 찾아서
햇빛 속 구름 속을
오랜 세월
노래부르며 여행했다

그러나 그 기사도 차차 늙어
그 모습만이라도 엘도라도 같은
땅 조각을 찾지 못했을 때
그의 마음에는 그림자가 드리웠다

드디어 그의 힘
다 빠졌을 때
그의 순례의 그림자를 만났다

그는 물었다
"그림자여 어디 있을까요?
도대체 이 엘도라도 나라는?"

"달 나라의 산들을 넘어
그림자의 골짜기 깊숙이 말을 모시오 과감하게"
그림자는 대답했다
"당신이 엘도라도를 찾으신다면."

보다 큰 사랑의 표시는 사랑하는 이들을 위하여 자기의 인생을 바치는 것이다.
– 안느 멜벨

어머니에게

포우

저 높은 천당에서 서로 속삭이는 천사들도
그들의 불타는 사랑의 말들 속에서
어머니라는 말만큼 진정어린 말은
찾을 수 없다고 느끼기에 저는 오랫동안
그 그리운 이름으로 당신을 부르고 있습니다
나에겐 어머니 이상이시고
나의 마음속에 깊은 마음을 채워 주신 당신을
죽음은 저의 버지니아의 영혼을 해방시켰을 때
나의 마음속에 당신을 앉혀 놓았습니다
나의 어머니 일찍 돌아가신 나의 친어머니는
오직 나 자신만의 어머니었으나 당신은
제가 극진히 사랑한 이의 어머니이십니다
그래서 제가 옛날에 안 그 어머니보다도
무한히 소중합니다
내 아내가 나의 영혼에겐 목숨보다도
무한히 더 소중했던 것과 같이.

에드가 앨런 포우(Edgar Allan poe, 1809-1849) : 미국의 시인 · 소설가 · 비평가. 미국작가로서는 처음으로 국제적인 이름을 얻었다. 보들레르 · 말라르메 등의 상징주의를 비롯해 유럽 근대문학에 끼친 영향은 크며, 오늘날 대중문학의 왕좌를 차지하는 추리소설도 그를 시조로 삼는다.

그대 눈 안에

다우텐다이

나 그대의 잔잔한 눈에 쉬고 있으니
그대의 눈은 세상에서 가장 고요하다

나 그대의 검은 눈에서 살고 있으니
그대의 눈길은 어둠처럼 아늑하다

대지의 아득한 지평선을 떠나
단 한 걸음으로 하늘에 오르니
그대의 눈앞에 내 세계는 끝난다.

다우텐다이(Max Dauthendey, 1867-1918) : 독일의 시인. 게오르게 파의 동인. 먼 나라를 동경하는 세계 방문자로 첫 시집 〈자외선〉에서 화려한 색채와 감미로운 향기 및 즐거운 선율로 새로운 이국풍의 세계를 묘사해낸 인상주의 시인이다.

6월이 오면

브리지즈

6월이 오면
그땐 온종일 나는
향긋한 건초더미 속에 내 사랑과 함께 앉아
산들바람 부는 하늘에
흰구름 얹어놓은
눈부신 궁전을 바라보련다

그녀는 노래 부르고
나는 노래를 지어 주고
아름다운 시를 온종일 부르다
남 몰래 우리 건초더미 속에 누워 있을 때
오, 인생은 즐거워
6월이 오면.

브리지즈(Bridges Robert Seymour, 1844-1930) : 영국의 시인 · 수필가. 약학을 공부하여 소아과 병원에서 근무하다가 1882년부터 시작업에만 전념하였다. 순수한 감정과 운율이 아름다운 시를 많이 썼다.

그 대 의 사 랑 속 에 서 희 망 을 찾 았 습 니 다 .

사랑은 희망입니다

셋

우는 것을 보았다

바이런

우는 것을 보았다
크게 반짝이는 눈물이
그 푸른 눈에서 흐르는 것을
제비꽃에서 떨어지는
하얀 이슬인 듯 싶었다

웃는 것을 보았다
사파이어의 반짝임도
네 곁에선 무색해 빛을 잃었다
너의 시원스럽게 빛나는 눈결
그 빛을 따르는 건 없으니.

내가 헛되이 보낸 오늘 하루는 어제 죽어간 이들이 그토록 바라던 내일이다. 내가
아직 살아 있는 동안에는 나로 하여금 헛되이 살지 않게 하라.
— 에머슨

이제는 더 이상 헤매지 말자

바이런

이제는 더 이상 헤매지 말자
이토록 늦은 한밤중에
지금도 사랑은 가슴 속에 불타오르고
지금도 달 그림자 환하게 비치지만

칼은 녹슬어 칼집은 삭고
정신을 쓰면 가슴이 헐리고
심장도 숨쉬려면 쉬어야 하고
사랑도 때로는 쉬어야 하니

밤은 사랑을 위해 있고
아침은 너무 빨리 돌아오지만
이제는 더 이상 헤매지 말자
아련히 흐르는 달빛 사이를.

눈물은 너무 많은 압력이 가해질 때를 위한 마음의 안전벨트이다.
– 알베르트 스미스

어떻게 사랑하게 되었느냐 묻기에

바이런

'어떻게 사랑하게 되었느냐'
아, 그것을 내게 묻다니 가혹하군요
그 많은 눈길을 읽으시고도
그대를 바라볼 때 인생이 시작된다는 것을

하지만 사랑의 종말을 알고 싶은가요?
미래가 두려워서 마음은 제자리이지만
사랑은 말없이 끝없는 슬픔 끝을 헤매며
내 삶이 끝나는 그 날까지 살아가게 될 거예요.

바이런(George Gordon Byron, 1788-1824) : 영국의 대표적인 낭만주의 시인. 일찍부터 동경하던 그리스와 터키 등을 여행하기를 2년, 귀국하여 〈차일드 해럴드의 순례〉를 발표하기 시작했다. 이른바 "어느 날 아침에 눈을 뜨니 유명해졌더라"는 것은 바로 이때의 일로서, 이후 유명해지면서 계속 〈아바이도스의 신부〉 〈해적〉 등을 발표했다.

내 사랑은

샤를 도를레앙

내 사랑은
장미와 은방울 꽃이 피어나는
접시꽃도 피어나는
조그맣고 예쁜 정원 안에 있어요

조그만 정원은 즐겁고
온갖 꽃이 다 있지요
그것은 밤낮으로
연인인 내가 지키지요

새벽마다 슬프게
노래하는 나이팅게일 새의
달콤한 꿈을 보아요
지치면 그는 쉬어요
어느 날은 그녀가 푸른 목장에서
바이올렛 꽃을 따는 걸 보았어요
아주 짧은 순간이었지만
나는 그만 아름다움에 빠져 버렸어요

나는 그녀의 모습을 그립니다
우유처럼 뽀얗고
어린 양처럼 부드럽고
장미처럼 붉은 그녀의 모습을.

샤를 도를레앙(Charles d' Orlans, 1394-1465) : 프랑스의 시인. 발루아왕조 4대 국왕
샤를 6세의 조카로 정치싸움에 휘말려 파란만장한 청춘을 보냈다. 신선한 감각과 섬
세한 감정의 소유자인 그는 절묘한 프랑스어를 사용하여 마지막 궁정연애시인이라는
이름을 얻었다.

눈물의 골짜기

하이네

밤바람이 들창을 스며 들이치는
지붕 밑 침대에
불쌍한 두 생명이 누워 있네
창백하고 초라한 몰골로 멀거니 눈을 뜬 채

가여운 한 사람이 말한다
"너의 팔로 날 좀 안아 주렴
입도 맞춰 주렴
네 체온으로 나를 녹여다오"

그러나 불쌍한 다른 한 여인이 말한다
"당신의 눈동자를 바라보면
나의 불행도 배고픔도 추위도
이 세상의 모든 괴로움까지도 사라져요"
그들은 몇 번이고 입을 맞추고 또 울었다
눈물이 가시지 않은 얼굴로 손을 맞잡고
웃으며 노래하고
그리고 드디어 잠잠해졌다

다음날 아침 검찰관이
권위 있는 의사를 데리고 왔다
그 외과의는 두 구의 시체가
이미 차가워졌음을 확인하였다

"이렇게 지독한 추위와 배고픔이
두 사람을 죽인 것입니다
적어도 그것이 죽음을 재촉한 원인입니다"
그리고 덧붙여 말하기를
"추위가 심해지면 담요로 예방을 하는 것이
가장 중요합니다
영양을 섭취하는 것도 동시에 필요하고요."

로렐라이

하이네

왜 그런지 까닭은 알 수 없지만
내 마음은 자꾸만 슬퍼지고
옛날부터 전해져오는 이야기가
계속해서 내 마음에 메아리친다

싸늘한 바람 불고 해거름 드리운
라인강은 소리 없이 흐르고
지는 해의 저녁노을을 받아
반짝이며 우뚝 솟은 저 산자락

그 산 위에 이상스럽게도
아름다운 아가씨가 가만히 앉아
빛나는 황금 빗으로
황금빛 머리카락을 빗고 있다

황금 빗으로 머리를 손질하며
부르고 있는 노래의 한 가락

이상스러운 그 멜로디여

마음속에 스며드는 그 노래의 힘

배를 젓는 사공의 마음속에는
자꾸만 슬픈 생각이 들기만 하여
뒤돌아보는 그의 눈동자에는
강 속의 바위가 보이지 않는다

무참하게도 강 물결은 마침내
배를 삼키고 사공을 삼키고 말았다
그 까닭은 알 수 없으나
로렐라이의 노래로 시작된 이상한 일이여.

인생에는 겨냥해야 할 것이 두 가지 있다. 하나는 자신이 원하는 것을 얻는 것이
고, 다른 하나는 운명을 받아들여서 즐기는 것이다. 인류 가운데 가장 현명한 자
만이 두 번째 것에 성공한다.
― 로간 스미스

이 깊은 상처를

하이네

내 마음의 깊은 상처를
고운 꽃이 알기만 한다면
내 아픔을 달래기 위해
나와 함께 눈물을 흘려 주련만

내 간절한 슬픔을
꾀꼬리가 안다면
즐겁게 지저귀어 내 외로움을
풀어줄 수도 있으련만

나의 이 탄식을 저 별이
황금빛 별이 알기만 하면
저 높은 곳에서 내려와
틀림없이 위로해 주련만
그렇지만 이 슬픔 아는 이 없네
알아 줄 사람은 오직 한 사람
내 가슴을 손톱으로
갈갈이 찢어 놓은 오직 한 사람.

작은 것들은 우리를 위로한다. 왜냐하면 작은 것들이 우리를 괴롭히기 때문이다.
– 파스칼

그대는 한송이 꽃과 같이

하이네

그대는 한송이 꽃과 같이
그리도 맑고 예쁘고 깨끗하여라
그대를 보고 있으면 슬픔은
나의 가슴 속까지 스며든다

하나님이 그대를 언제나 이대로
맑고 아름답고 귀엽게 지켜 주시길
그대 머리 위에 두 손을 얹고
나는 빌고만 싶어진다.

인내란 크고 거창한 것이 아니다. 그것은 계속 희망을 버리지 않는 것이다.
– 바우베낼구스

그대의 맑은 두 눈을

하이네

그대의 맑은 두 눈을 들여다 보면
내 모든 시름은 사라져간다
그대의 고운 입술 위에 입을 맞추면
나의 모든 정신이 되살아난다

포근한 그대의 가슴에 몸을 기대면
천국에 온 듯하다
그대의 '당신을 사랑해요' 라는 말에
하염없이 눈물만 흐른다.

바쁘게 살지는 마라. 당신이 어디에 있는지, 어디를 향해 가고 있는지도 모를 정
도로.
— 브라이언 다이슨

붉고 귀여운 입술을 지닌 아가씨

하이네

붉고 귀여운 입술을 지닌
감미롭고 시원스런 눈매의 아가씨
내 귀여운 어린 아가씨
나는 당신을 영원히 잊지 못하네

이 긴 겨울 밤
당신 곁에 있고 싶어
당신과 더불어 정든 방에 앉아
이야기를 나누어 싶어

당신의 작은 흰 손을
나의 입술에 대고
그 손을 눈물로 적시고 싶어
당신의 작은 흰 손이여.

하이네(Heinrich Heine, 1797-1856) : 독일의 시인 · 비평가. 〈프랑스론〉으로 프랑스의
정치적 · 문화적 상황을 보도하면서 독일의 비참함을 강하게 비판하였다. 〈낭만파〉
〈독일에 있어서의 종교와 철학의 역사〉를 거쳐, 〈베르네 비판〉에서는 역시 파리에 살
면서 급진주의자가 된 베르네에게 날카로운 풍자를 퍼부어 청년 독일파를 적으로 만
들었다.

교감

샤를르 보들레르

자연은 신전, 그 살아 있는 기둥들에서
이따금 어렴풋한 말들이 새어나오고,
사람은 상징의 숲들을 거쳐 그곳을 지나가고,
숲은 다정한 눈길로 사람을 지켜본다

멀리서 아련히 어울리는 메아리처럼
밤처럼 광명처럼 한없이 드넓은
어둡고도 깊은 조화의 품안에서
향기와 색채와 음향은 서로 화합한다

어린애의 살결처럼 신선하고
오보에처럼 보드라우며, 목장처럼 푸른 향기 어리고
또 한편엔 썩고 푸짐한 승리의 향기 있어,
용연향, 사향, 안식향, 훈향처럼
무한한 것으로 번져나가서
정신과 감각의 환희를 노래한다.

사람은 위기에 처할 때 사랑이 얼마나 소중한 것인가를 알게 되며, 그때 우리는
그 어느 것도 사랑만큼 중요치 않다는 것을 알게 된다.   - 마리안느 윌리암스

고양이

샤를르 보들레르

오라 내 아름다운 고양이
사랑에 불타는 이 가슴으로
너의 발톱 감추고
금은과 마노 섞인 황홀한 눈 속에
나로 하여금 잠기게 하여라

둥글고 매끈한 잔등과 머리를
슬쩍 내 손가락이 스칠 때
또는 번개를 지닌 그 몸에 손이 닿아
한껏 기쁨에 취할 때

나는 마음속에 내 애인을 본다
그 눈초리는 그대와 같이 착한 동물
속 깊고 차가워 투창과 같이 베어 찔러
머리에서 발 끝까지
날카로운 기척 위태한 몸 냄새
밤색의 그 몸뚱이 사방에 풍겨난다.

보들레르(Charles Pierre Baudelaire, 1821-1867) : 프랑스의 시인·비평가. 근대 상징
주의 시의 시조 시집 〈악의 꽃〉은 출판되자마자 검열에 걸려 벌금형과 일부 삭제를
강요받았다. 그러나 "자네는 새로운 전율을 창조했다"고 절찬한 위고를 비롯해 많은
작가들로부터 시인으로서의 재능을 인정받았다.

발자국들

폴 발레리

그대 발자국들이
성스럽게 천천히 자리를 잡고
내 조용한 침대 쪽으로
냉정하게 말없이 다가오고 있구나

순수한 사람이여 신성한 그림자여
숨죽이듯 그대 발자국은 정말 달콤하구나!
신이여
분간해낼 수 있는 나의 모든 재능은
맨발인 채로 나에게 다가온다

내밀어진 그대의 입술로부터
일상의 내 상념에
이를 진정시키려
타오르는 입맞춤을 미리 준비한다 해도
있음과 없음의 부드러움
그 사랑의 행위를 서두르지 마라
나 그대들을 기다림으로 살아왔으며
내 마음은 그대의 발자국일 뿐이라네.

사랑을 배푼다는 것은 이 세상을 꽃밭으로 만드는 위대한 열쇠이다.
― R. 스티븐슨

사랑의 숲

폴 발레리

우리는 순수한 것을 생각했다
나란히 길을 따라가면서
우리는 서로 손을 잡았다
말도 없이 이름 모를 꽃 사이에서

우리는 약혼자처럼 걸었다
단 둘이 목장의 푸른 밤 속을
그리고 나누어 먹었다
이 선경의 열매인 광인들에게 정다운 달을

그리고 우리는 죽었다 이끼 위에서
단 둘이 아주 멀리 소근대는
다정한 이 숲의 부드러운 그늘 사이에서

그리고 저 하늘 높이 무한한 빛 속에서
우리는 울고 있었다
오 나의 사랑스런 말없는 동반자여.

누구에게도 사랑받지 못한다는 것은 커다란 고통이다. 누구도 사랑할 수 없다는
것은 삶 속의 죽음이다.   - 라이크스터

꿀벌

금빛 꿀벌이여
너의 침이 그토록 예리하고
그토록 죽게 만들 정도로 날카롭다 해도
내 부드러운 꽃가루 통에는
연한 레이스로 된 꿈만이 싹틀 뿐이라네

쏘아보렴 아름다운 표주박을
그 젖가슴 위에서 사랑은 죽거나 잠든다네
주홍빛의 내 몸 중 일부분만이라도
둥글고 거부하는 그 살결에 닿도록

나는 빠르게 지나가 버리는 괴로움이
절실히 필요하다
화끈하게 잘 마무리되는 아픔이
잠드는 형벌보다 훨씬 나으리

그러므로 깨어나는 나의 감각이 있으므로
금으로 인한 끝없는 위험에 의해
그 감각이 없다면 사랑은 죽거나

잠들어 버리리.

─프랑시스 드 미요망드르에게

폴 발레리(Paul Valery, 1871-1945) : 프랑스의 시인·비평가. 〈젊은 파르크〉는 순수
음악에 가까운 것으로서, 그 격조 높은 음악성으로 말미암아 '순수시의 전범'이라 불
리운다. 유작 〈나의 파우스트〉는 그의 문학적 고백이라 일컬어진다.

삼월

괴테

눈은 펄펄 내려 오건만
아직 기다려지는 때는 오지 않는다
갖가지 꽃들이 피면 우리 둘이서 얼마나 설레일까

따뜻하게 쪼이는 저 햇볕도 역시 거짓말이던가
제비조차도 거짓말을 해
제비조차도 거짓말을 해
저 혼자만 오다니!

아무리 봄이 왔다고 하여도
혼자서 어찌 기꺼우랴
그러나 두 사람이 같이 살게 될 때는
그러나 두 사람이 같이 살게 될 때는
벌써 여름이 되어 있다.

당신과 나는 날개가 하나밖에 없는 천사입니다. 우리가 날기 위해서는 서로를 안
아야 합니다.   – 리시아노 크레센조

첫사랑

괴테

아! 누가 그 아름다운 날을 가져다 줄 것이냐
첫사랑의 그때를
아! 누가 그 아름다운 때를 돌려 줄 것이냐
저 사랑스러운 때를

쓸쓸히 나는 이 상처를 기리고 있다
끊임없이 되살아나는 슬픔에
잃어버린 행복을 슬퍼한다

아! 누가 그 아름다운 날을 가져다 줄 것이냐
첫사랑의 그 즐거운 때를.

결혼이란 작은 배를 타고 긴 항해를 하는 것과 같다. 만일 한 승객이 배를 좌초시
키려 한다면 다른 사람은 그것을 중지시켜야 한다. 그렇지 않으면 둘 다 빠지게
된다.
— 데이비드 르벤

들장미

괴테

한 아이가 장미를 보았다
들에 피어 있는 장미를
그 아침처럼 젊은 아름다움을
좀더 자세히 보려고 가까이 가서
아이는 보았다 기쁨에 넘쳐서
장미여 장미여 붉은 장미여
들에 피어 있는 장미

아이가 말하기를 내 너를 꺾으련다
들에 피어 있는 장미
장미가 말하기를 꺾기만 해봐라 너를 찌를 테다
언제까지나 잊지 않도록
나도 꺾이고 싶지는 않은 것을
장미여 장미여 붉은 장미여
들에 피어 있는 장미여

개구장이 아이는 꺾고 말았다
들에 피어 있는 장미를
장미는 거절하며 콕 찔렀다

그러나 아무리 울어 봐도 쓸데없는 것이
장미는 마침내 꺾이고 말았다
장미여 장미여 붉은 장미여
들에 피어 있는 장미여.

사랑은 차량처럼, 그 자체에는 문제가 없다. 문제가 되는 것은 운전자이며, 승객이
며, 도로일 따름이다.
　　　　　　　　　　　　　　　　　　　　　　　　　　　　　　- 헤르만 헤세

이별

괴테

입으로 차마 이별의 인사 못해
눈물어린 눈짓으로 떠난다
복받쳐오르는 이별의 서러움
그래도 사내라고 뽐냈지만

그대 사랑의 선물마저
이제는 나의 서러움일 뿐
차갑기만 한 그대 입맞춤
이제 내미는 힘없는 그대의 손

살며시 훔친 그대의 입술
아 지난날은 얼마나 황홀했던가
들에 핀 제비꽃을 따면서
우리들은 얼마나 즐거웠던가
하지만 이제는 그대를 위해
꽃다발도 장미꽃도 꺾을 수 없어
봄은 있건만 내게는
가을인 듯 쓸쓸하기만 하다.

괴테(Johann Wolfgang vonGoethe, 1749-1832) : 독일의 시인 · 극작가 · 정치가 · 과학자. 샤를로트 부프와의 실연을 극복하기 위하여 루소의 영향으로 쓴 편지 형식의 소설 〈젊은 베르테르의 슬픔〉으로 '슈투름 운트 드랑' 운동의 대표자가 되었다.

백설

기욤 아폴리네르

하늘엔 천사와 또 천사가 있다
어떤 천사는 장교복을 입고
어떤 천사는 요리사 차림을 하고
또 다른 천사는 노래한다

하늘빛의 제복 입은 장교님
성탄절 지나 따스한 봄이 오면
당신은 빛나는 태양의 훈장을 달게 되겠지요
요리사는 거위 털을 뜯는다

아 눈이 내린다
내려라 눈아!
사랑하는 이 어찌하여
내 품 안에서 멀어졌는가
비 내리는 소리를 엿들어 보라.

모든 것들에는 경이로움이 깃들어 있다. 나는 알았다. 내가 어디에 있을지라도 그
곳엔 내가 기뻐할 일들이 있다는 사실을.   - 헬렌 켈러

선물

기욤 아폴리네르

만일 당신이 원하신다면
나는 당신에게 드리리다
아침을 나의 명랑한 아침을
그리고 당신이 좋아하는
나의 빛나는 머리카락을
나의 푸른 빛 도는
금빛 눈도 드리리다

만약 당신이 바라신다면
나는 당신에게 드리리다
양지에서 아침에 눈을 뜰 때에
들려오는 소리의 모든 것을
그리고 근처 분수 속으로 흐르는
물 소리를 드리리다
그리고 이윽고 찾아들 석양을
나의 쓸쓸한 마음의
눈물인 저 석양을
그리고 조그만 나의 손을
당신의 마음 가까이

두지 않으면 아니 될
나의 마음을 드리리다.

이따금 인생은 우리를 몹시도 아프게 합니다. 하지만 이것만은 기억하십시오. 인
생이 주는 그 상처를 치료하면 우리는 더욱더 강해진다는 것을.
　　　　　　　　　　　　　　　　　　　　　　　　　　　　－ 어니스트 헤밍웨이

미라보 다리

기욤 아폴리네르

미라보 다리 아래 세느 강이 흐르고
우리들의 사랑도 흘러내린다
괴로움에 이어서 오는 기쁨을
나는 또 꿈꾸며 기다리고 있다

밤이여 오라 종아 울려라
세월은 흐르고 나는 머문다

손과 손을 마주잡고 얼굴 바라보면
우리들의 팔 밑으로
흐르는 영원이여
오 피곤한 눈길이여

흐르는 물결이 실어가는 사랑
실어가는 사랑에
목숨만이 길었구나
보람만이 뻗쳤구나

밤이여 오라 종아 울려라

세월은 흐르고 나는 머문다

해가 가고 달이 가고 젊음도 가면
사랑은 옛날로 갈 수도 없고
미라보 다리 아래 세느 강만 흐른다

밤이여 오라 종아 울려라
세월은 흐르고 나는 머문다.

누군가 나를 지루하게 한다. 그런데 그것은 나인 것 같다.   - 딜런 토마스

이별

기욤 아폴리네르

그들의 얼굴은 파랗고
그들의 흐느낌은 꺾이었네

해맑은 꽃잎에 쌓인 눈
아니 입맞춤에 떨리는 그대의 손길처럼
가을 잎은 말없이 떨어지고 있었네.

기욤 아폴리네르(Guillaume Apollinaire, 1880-1918) : 프랑스의 시인. 초사실주의를
비롯한 제 1차 세계대전 전후의 모더니즘 운동을 이끈 선구자이다. 프랑스 문단과 예
술계에서 번창한 아방가르드 운동에 참가하고 시를 새로운 분야로 이끌어낸 뒤, 짧은
생애를 마쳤다.

나 일찍이 그대를 사랑했었다

푸슈킨

나 일찍이 그대를 사랑했었다
그 사랑 어쩌면 아직도 감추어진 불씨처럼
내 마음속에 살아 있다
하지만 그것이 그대를 낙심하게 하지 말기를
차라리 잊어버리길
나는 조그만 괴로움도 그대에게 주고 싶지 않다

말없이 사랑했었다
절망적으로 사랑했었다
지금도 소심하게 지금도 질투의 마음
나는 그렇게 깊이 사랑했었다
그렇게 애절하게 사랑했었다.

언젠가 많은 것을 말해야 할 이는 많은 것을 가슴속에 말없이 쌓는다. 언젠가 번
개에 불을 켜야 할 이는 오랫동안 구름으로 살아야 한다.   - 니체

바카스의 노래

푸슈킨

기쁨의 소리는 왜 꺼졌느냐?
바카스의 노래여 울려 퍼져라!
우리는 사랑하는 상냥한 아가씨들
그리고 젊은 아내들에게 영광이 있으리라!
잔을 채워라 철철 넘치게!
짙은 술잔 밑으로 소리도 높이
사랑의 반지를 던져 넣어라!
잔을 들어라 건배를 하자!
뮤즈 만세! 이성 만세!
거룩한 태양이여 불타 올라라!
새벽녘의 빛나는 해돋이 앞에 등잔불이 빛을 잃듯이
영예로운 지혜의 태양 앞에는
허위의 영명함도 빛을 잃고 흐려지나니
태양이여 만세 어둠이여 꺼져라!

인생은 화살이다. 그러므로 당신은 알아야 한다. 표적이 무엇인가를, 활을 어떻게 사용할 것인지를, 그 다음 당신은 활에 화살을 장전하여 그것을 날려 보내야 한다.
                                                      — 헨리 벤 타이크

삶이 그대를 속일지라도

삶이 그대를 속일지라도
슬퍼하거나 노여워하지 말라
마음 아픈 날엔 가만히 누워 견디라
즐거운 날이 찾아오리니

마음은 미래를 산다
지나치는 슬픔엔 끝이 있게 마련
모든 것은 순식간에 날아간다
그러면 내일은 기쁨이 돌아오느니.

푸슈킨(Aleksandr Sergeevich Pushkin, 1799-1837) : 러시아의 시인이자 러시아 근대문학의 창시자. 모스크바에서 명문 귀족의 아들로 태어난 그는 일찍이 〈루슬란과 류드밀라〉로써 시인으로서의 재능을 인정받았다.

노래

골드스미드

사랑스런 여인이 남자에게 몸을 맡기고
그가 배신했음을 뒤늦게 알았을 때
무슨 주문 있어 그의 우울함을 달래주고
무슨 재간 있어 그의 죄를 씻어줄까

그의 죄를 가리고 사람들의 눈으로부터
그의 수치 가릴 단 하나의 재간은
배신한 남자에게 뉘우침 주고
그의 가슴 아프게 후벼줄 단 하나의 재간은
죽는 것뿐.

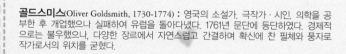

골드스미스(Oliver Goldsmith, 1730-1774) : 영국의 소설가. 극작가·시인. 의학을 공
부한 후 개업했으나 실패하여 유럽을 돌아다녔다. 1761년 문단에 등단하였다. 경제적
으로는 불우했으나, 다양한 장르에서 자연스럽고 간결하며 확신에 찬 필체와 풍자로
작가로서의 위치를 굳혔다.

산골 처녀 마리

번스

몽고메리 싱 근처의 산기슭이어
둔덕이여, 흐르는 시냇물이여
나뭇잎 푸르고, 꽃들은 아름답고,
시냇물은 해맑고 깨끗하였다

거기에 여름날은 재빨리 찾아와
거기에 오래도록 머물러 있었다
나는 그 기슭에서 산골 처녀 마리에게
마지막 작별을 고하고 헤어졌다

오, 지난날 뜨겁게 입맞춤하던
장미빛 그 입술은 이제 시들었고,
잔잔한 눈길로 나를 바라보던
빛나는 그 눈동자 영원히 닫혀버렸다

지난날 나를 사랑하던 마음마저
이제는 말없는 흙덩이가 되었는가
하지만, 아직도 내 마음 깊은 곳에
산골 처녀 마리는 죽지 않고 살아 있다.

번스(Robert Burns, 1759-1796) : 스코틀랜드의 민족 시인. 스코틀랜드의 가난한 농민의 아들로 태어나 일생을 황무지와 가난 속에서 살았다. 일찍부터 문학에 뜻을 가지고 스코틀랜드 민간 속요와 친근했다.

유성

네루다

달에는 물로 된 돌이 있는가?
금으로 된 물이 있는가?
가을은 무슨 빛을 하고 있는가?
나날은 서로 그물눈처럼 얽혀 있는가?
그러다가 드디어 머리카락 하나 으쓱하는 것처럼
모두 쓰러지게 되는가?
얼마나 많이 떨어지는가?
종이
술
손들
시체들이
지구에서 그 먼 곳으로?
물에 빠진 사람들이 살고 있는 곳이 거기인가?

네루다(Pablo Neruda, 1904-1973) : 칠레의 시인 · 외교관 · 마르크스 주의자. 노벨 문학상과 레닌 평화상을 받았다. 그의 시는 인간이면 누구나 살아가면서 겪게 되는 끊임없는 변화를 대변한다. 서정적이고 관능적인 작품에서부터 현실지향적이며 고발조의 시에 이르기까지 다양하다.

잊혀진 여인 마리

로랑생

권태로운 여인보다도
더 불쌍한 여인은
슬픔에 싸인 여인입니다

슬픔에 싸인 여인보다도
더 불쌍한 여인은
불행을 겪고 있는 여인입니다

불행을 겪고 있는 여인보다
더 불쌍한 여인은
병을 앓고 있는 여인입니다

병을 앓고 있는 여인보다도
더 불쌍한 여인은
버림받은 여인입니다

버림받은 여인보다
더 불쌍한 여인은
쫓겨난 여인입니다

쫓겨난 여인보다도
더 불쌍한 여인은
죽은 여인입니다

죽은 여인보다
더 불쌍한 여인은
잊혀진 여인입니다.

로랑생(Marie Laurencin, 1883-1956) : 프랑스의 화가 · 판화가. 시인 아폴리네르의 연인으로 피카소 · 브라크 등 입체파 화가들과 친분이 있었다.

님은 얼음

스펜더

님이 얼음이면 나는 불
뜨거운 내 사랑에도 그대 얼음 녹지 않네
어찌된 까닭일까
더워지는 내 사랑에
그대 얼음 더욱 굳어짐은
끓는 듯 뜨거운 내 사랑이
심장마저 얼게 하는 그대 얼음에 식지 않고
더욱더 끓어 올라 불길 더욱 높아짐은
만물을 녹일 불이 얼음 더욱 얼게 하고
뼈까지 얼리는 아픔
타는 불의 기름 되니
또다시 있으랴 이보다 이상한 일
사랑은 무슨 힘이기에 천성마저 바꾸는가.

스펜더(Sir stephen Harold Spender, 1909-1995) : 영국의 시인 · 비평가. 초기 동료들보다 개인적인 성향이 강했던 그는 외부의 시사 문제에서 주관적 경험으로 눈을 돌려 자전적인 색체를 강조했다. 무엇보다 그의 시는 자기비판적이고 인정 많은 성품을 그대로 보여준다. 1983년 기사작위를 받았다.

나의 방랑

아르뛰르 랭보

나는 나갔다
낡은 포켓 속에 두 손을 찌르고
짧은 외투마저 알맞는다
어둔 밤하늘 밑을 나는 거닐었다
나는 시신(時神)의 종이었다
아! 얼마나 멋진 사랑을 나는 꿈꾸고 있는 것이냐

한 벌밖에 없는 무릎팍 바지에는
커다란 구멍이 나 있다
공상하기 좋아하는 게으름뱅이
길을 가며 나는 시의 운율을 끙끙대고 생각하였다

나의 숙소는 저 아득한 별자리들
하늘에 나의 별들은 반짝이며
다정하게 나를 보고 소곤거렸다
길가에 주저앉아
나는 별들의 속삭임을 듣고 있었다
그 좋은 구월달 저녁마다
마침 장만해 둔 술과 같이

이마에 이슬 방울을 느끼며 느끼며
환상적인 물체의 그림자 속에
가락을 밟으며 칠현금을 켜는 것처럼
나는 낡은 단화의 구두끈을 잡아당기고 있었다
발을 가슴에까지 끌어올리며.

사람은 결코 사랑하는 사람을 위해 죽었기 때문에 행복한 것이 아니라, 행복했기
때문에 사랑하는 사람을 위해 죽을 수 있는 힘을 가진 것이다.   – 미키 기요시

감각

아르뛰르 랭보

푸른 여름날 저녁 무렵이면
나는 오솔길로 갈 거예요
밀잎에 찔리며 잔풀을 밟으며
꿈꾸는 사람이 되어
발치에서 신선한 그 푸르름을 느낄 거예요
바람이 내 맨머리를 흐트러뜨리도록
내버려둘 거예요

나는 말하지 않을 거예요
아무 생각도 하지 않을 거예요
하지만 끝없는 사랑이 내 영혼 속에서
솟아오를 거예요
그리고 나는 멀리 떠날 거예요

아주 멀리 마치 보헤미안처럼
자연을 따라
마치 그녀와 함께 있는 듯 행복할 테죠.

랭보(Jean-Arthur Rimbaud, 1854-1891) : 프랑스의 시인. 말라르메와 더불어 프랑스 상징주의의 대표적 시인. 정치·예술·인생의 혁명가이고, 부르조아의 졸렬함을 거부하는 젊은 반항의 상징인 그는 광범한 독서와 비범한 시적 재능으로 독창적인 시들을 썼다.

사 랑 에 빠 진 그 대 와 나 , 웃 음 이 가 득 합 니 다 .

사랑은 웃음입니다

넷

황혼

빅토르 위고

황혼이다
나는 문간에 앉아 마지막 노동에 빛나는
하루의 끝을 바라본다

밤에 적셔진 대지에
나는 누더기 옷을 입은 한 노인이
미래의 수확을 밭이랑에 뿌리며 가는 것을
깊이 감동된 마음으로 본다

노인의 검고 높은 그림자는
이 깊숙한 들판을 차지하고 있다
그가 얼마나 시간의 소중함을 믿고 있는가
그것을 나는 알 것 같다.

삶의 가장 큰 행복은 우리가 누군가를 사랑하고 있고 우리 자신이 사랑받고 있다
는 믿음으로부터 온다.
― 빅토르 위고

봄

빅토르 위고

봄이구나! 3월
감미로운 미소의 달 4월
꽃 피는 5월 무더운 6월
모든 아름다운 달들은 나의 친구들이다
잠들어 있는 강가에 포플러 나무들
커다란 종려나무들처럼 부드럽게 휘어진다
새는 포근하고 조용한 깊은 숲에서 파닥거린다
모두가 웃고 있는 것 같고 초록의 나무들이 모두들
함께 즐거워하고 시를 읊조리는 것 같다
해는 시원하고 부드러운 새벽으로부터
왕관을 쓴 듯이 힘차게 솟아오른다
저녁이면 사랑으로 가득 차고
밤이면 거대한 그림자 사이로
하늘이 내리는 축복 아래
영원히 행복한 뭔가를
노래하는 소리가 들려오는 것 같다.

위고(Victor Hugo, 1802-1885) : 프랑스의 시인 · 소설가 · 극작가. 낭만주의의 선두주자. 서사시의 걸작 〈세기의 전설〉은 프랑스 시가의 최고로 평가받는다.

그리움

후흐

만일 그대 곁에 있다면
어떤 고생도 무서움도 참고 견딜 것입니다
친구도 집도 이 땅의 모든 호강도 버릴 것입니다
만일 그대 곁에 있다면

나는 그대를 그립니다
육지를 그리는 밀물처럼
남쪽 나라를 그리는 가을날 제비처럼
나는 그대를 그립니다

밤마다 외로이 달 아래 서서
눈 쌓인 그 산을 그리는
집 떠난 알프스 아이들처럼
나는 그대를 그립니다.

후흐(Ricarda Huch, 1864-1947) : 독일의 여류시인 · 소설가 · 비평가 · 역사가. 자연주
의적 인간 해석에 만족하지 않고 지난날 낭만주의 시인들을 회상한 작품 〈낭만주의의
최성기〉 〈낭만주의의 전개와 몰락〉을 써서 최고에 오른, 유전 및 환경 만능의 문학으
로부터 신낭만주의 운동의 이론을 제공했다.

이별

포르

그러면 마지막 이별의 키스
바닷가에 나아가 보내 드리오리다

아니 아니 바닷바람 거센 바람
키스쯤은 흘려 버릴 것이요

그러면 작별의 정표로서
이 손수건 흔들어 보내 드리오리다

아니 아니 바닷바람 거센 바람
손수건쯤 날려 버릴 것이요

그러면 배 떠나는 그 날에는
눈물 흘리며 보내 드리오리다

아니 아니 바닷바람 거센 바람
눈물쯤 이내 말라 버릴 것이요

아! 그러면 언제나 언제까지나

잊지 않고 기다려 드리오리다
오! 그것이 내 사람 그것이 내 사랑일세.

포르(Paul Fort, 1872-1960) : 프랑스의 상징파 시인. 일찍부터 상징파 운동에 참가하였으며, 산문에 리듬을 실을 듯한 시를 지었다. 프랑스 역사와 풍토를 민요조로 읊은, 〈프랑스 가요집〉에 모든 작품이 담겨 있다.

소곡

엘리자베스 브라우닝

사랑해 주시지 않으렵니까
기다리고 있어요 당신 사랑이 자라나기를
가슴의 꽃은 그대의 꽃
그것은 유월이 사월의 씨앗을 키운 거예요

손에 쥔 씨앗을 뿌립니다 하나 둘
싹이 돋아 꽃이라 피는 걸 당신은 버리지 않겠지만
사랑이란 것 아니 사랑과 비슷한 것

사랑의 죽음을 바라봐 주세요
무덤의 꽃은 한 송이 제비꽃
당신의 눈짓 한 번이 천만 번 괴로움을 지워 없애요
죽음이란 아무것도 아니예요
여보세요 사랑해 주시지 않으렵니까.

믿는 사람에게는 모든 것이 가능하다. 희망을 가지고 있는 사람에게는 그 일들이
덜 어려워진다. 사랑하는 사람에게는 그것들이 훨씬 쉬워진다. 그리고 이 세 가지
를 다 가진 사람에게는 그 일들이 간단해진다.
                                          — 브라드 로렌스

당신이 날 사랑해야 한다면

엘리자베스 브라우닝

당신이 나를 사랑해야 한다면
오직 사랑을 위해서만 사랑해 주세요
그녀의 미소와 미모와 다정한 언어로 하여
나와 같은 생각을 가졌다는 이유만으로
언제나 즐거웠던 느낌만으로
사랑한다고 말하지 말아요
그대여 이런 것들은 저절로 변할 수 있고
그대를 변하게 할 수도 있답니다
그렇게 시작된 사랑은
그렇게 깨질지도 모릅니다
그대의 연민으로 내 눈물을 닦아내는
그런 사랑도 하지 말아요
그대의 위안으로 슬픔을 잊어버린 사람은
그 때문에 그대의 사랑을 잃을지도 모르니까요
오로지 사랑만을 위해 나를 사랑해 주세요
영원히 그대 사랑할 수 있도록.

진정으로 사랑한다 함은 대가를 바라지 않는 것이며, 당신이 무엇을 주고 있다는
사실조차 느끼지 못하는 일이다.   - 크리슈나무르티

피파의 노래

엘리자베스 브라우닝

때는 봄
아침
일곱 시
언덕엔 이슬 방울 진주 되어 빛나고
종달새는 높이 나는데
달팽이는 가시나무 위에 웅크렸다
하나님은 하늘에 계시니
온세계가 평화롭도다.

브라우닝(Elizabeth Barrett Browning, 1806-1861) : 영국의 여류시인. 연애시 〈포르투갈인이 보낸 소네트〉로 유명해졌다. 섬세한 표현에 깊은 사상의 시풍으로서 크리스티나 로제티와 더불어 영국 제일의 여류시인으로 꼽는다.

연인

폴 엘뤼아르

그녀는 내 눈 위에 있다
그리고 그녀 머리칼은 내 머리칼 속에
그녀 손은 나와 같은 모양
그녀 눈의 빛깔도
그녀는 내 그림 속에 삼켜진다
마치 하늘에 던져진 돌처럼

그녀의 눈은 언제나 빛나서
나를 잠들지 못하게 한다
대낮에 그녀의 꿈은
태양을 증발시키고
나를 웃기고 나를 울리고
끝없이 나에게 고백하게 한다.

사람의 행복이란 세 가지이다. 서로 그리워하는 것이며, 서로 마주 보는 것이다.
그리고 서로 자신을 주는 것이다.
— 칼 힐티

자유

폴 엘뤼아르

나의 대학 노트 위에
나의 책상과 나무 위에
모래 위에 눈 위에
나는 네 이름을 쓴다

내가 읽은 모든 책장 위에
모든 백지 위에
피 묻은 돌 휴지 재 위에
나는 네 이름을 쓴다

황금빛 얼굴 위에
용사들의 무기 위에
나는 네 이름을 쓴다.

폴 엘뤼아르(Paul Eluard, 1895-1952) : 프랑스의 시인. 프랑스의 대표적 저항시인
〈자유〉가 있고, 전쟁이 끝난 뒤 발표한 프랑스 〈불사조〉는 간결한 언어와 살아 있는
표현력으로 프랑스의 대표적 서정시로 유명하다.

그리움이란

릴케

그리움이란 출렁이는 물결 속에 살고
시간 속에 고향을 갖지 않는 것
소망이란 나날의 시간들이 속삭이는
영원과의 나직한 대화
삶이란 어제의 모든 시간에서
가장 고독한 시간이 부풀어오를 때까지인 것
다른 시간들과는 다른 미소로
영원한 것을 마주하여 침묵하면서.

조그마한 친절이, 한 마디의 사랑이, 언젠가는 저 위의 하늘나라처럼 이 땅을 즐
거운 곳으로 만드는 씨앗이 된다.
- J. F. 카네이

가을날

릴케

주여 때가 되었습니다
여름은 참으로 위대했습니다
해시계 위에 당신의 그림자를 던져 주시고
들녘에는 바람을 놓아 주십시오

마지막 남은 열매가 무르익도록 명하여 주시고
남국의 햇볕을 이틀만 더 베풀어 주소서
무르익으라 이들을 재촉하여 주시고
마지막 남은 단맛이 포도주에 듬뿍 고이게 하소서

이제 집이 없는 사람은 다시는 집을 짓지 않습니다
이제 고독한 사람은 오래도록 고독을 누릴 것입니다
밤을 밝혀 책을 읽으며 긴긴 편지를 쓸 것입니다
그러다 불안에 잠기면 가로수 길을
마냥 헤매일 것입니다
앞이 휘날리는 날에는.

사랑의 계산 방법은 독특하다. 절반과 절반이 합쳐 하나가 되는 것이 아니라, 오 직 두 개가 모여 완전한 하나를 만들기 때문이다.
— 조 코데르트

신부

릴케

사랑하는 이여 나를 불러 주세요
큰 소리로 나를 불러 주세요
당신의 신부를 이토록 오래 창가에
서 있게 하지 마세요
늙은 플라타너스의 가로수 길에는
이제 저녁도 잠들어
가로수 길은 텅 비어 있습니다

당신이 오시어 당신의 목소리로
나를 밤의 집에 잡아두지 않으신다면
나는 붙잡은 나의 두 손을 뿌리치고
짙은 쪽빛 마당으로 나가
내 가슴을 쏟아버릴 수밖에 없어요.

우리 시대를 못 믿게 될수록, 인간이 일그러지고 메말랐다는 생각이 들수록, 나는
그러한 비극을 극복하는 데 그만큼 더 사랑의 매력을 느낀다.   - 헤르만 헤세

엄숙한 시간

릴케

지금 세상 어디선가 누군가 울고 있다
세상에서 하염없이 울고 있는 그 사람은
나를 위해 울고 있다

지금 세상 어디선가 누군가 웃고 있다
세상에서 마냥 웃고 있는 그 사람은
나를 위해 웃고 있다

지금 세상 어디선가 누군가 걷고 있다
세상에서 정처없이 걷고 있는 그 사람은
나를 향해 오고 있다

지금 세상 어디선가 누군가 죽어가고 있다
세상에서 하염없이 죽어가고 있는 그 사람은
나를 쳐다보고 있다.

사랑의 반대는 미움이 아니라, 무관심이다. 예술의 반대는 추함이 아니라, 무관심
이다. 믿음의 반대는 불신이 아니라, 무관심이다. 생명의 반대는 죽음이 아니라,
무관심이다. 무관심. 그것 때문에 사람들은 죽기도 전에 이미 죽어버린다.
— 엘리 위젤

내 눈을 감겨주오

릴케

내 눈을 감겨주십시오
그래도 나는 그대 모습 볼 수 있습니다
내 귀를 막아주십시오
그래도 나는 그대 목소리 들을 수 있습니다
발이 없어도 그대에게 갈 수 있고
입이 없어도 그대에게 애원할 수 있습니다
내 팔을 꺾어 주십시오
그래도 나는 그대를 안을 수 있습니다
손으로 붙잡듯이 심장으로 잡을 것입니다
내 심장을 멎게 해주십시오
그래도 나의 뇌는 고통을 칠 것이며
나의 뇌에 그대가 불을 지른다 하여도
내 피로 그대를 껴안을 것입니다.

선물이 의미하는 것은 자신이 가진 좋은 것들을 사랑하는 사람과 함께 나누고 싶
어하는 마음인 것이다.
– 존 포웰

사랑 속에서

릴케

봄 속에서인지 꿈 속에서인지
언젠가 그대를 만난 일이 있습니다
하지만 지금 그대와 나는
가을 속을 걸어가고 있습니다
그대는 내 손을 잡고
그리고 그대는 울고 있습니다

그대가 우는 것은
하늘로 뛰어가는 구름 탓일까요
그렇지 않으면 붉은 나뭇잎 때문일까요
나는 알 것 같습니다
그것은 일찍이 그대가 행복했기 때문이지요
봄 속에서인지 꿈 속에서인지
분명하지 않은 속에서.

릴케(Rainer Maria Rilke, 1875-1926) : 오스트리아의 시인 · 소설가. 청년기 이후 유럽 각지를 돌아다니며 각 지방의 문화를 흡수한 반시대 · 반통속적인 시인이다. 시인으로서 전환기를 맞은 것은 루 살로메와의 두 차례에 걸친 러시아 여행인데 이후 러시아는 그의 영혼의 고향이 되었다. 그의 시 작품의 가치는 무엇보다도 독일어 표현 능력을 높였고, 표현할 수 있는 시어의 영역을 넓힌 데 있다.

안개 속에서

헤세

안개 속을 헤매면 이상하여라
숲이며 돌은 저마다 외로움에 잠기고
나무도 서로가 보이지 않는다
모두가 다 혼자다

나의 인생이 아직 밝던 시절엔
세상은 친구들로 가득했건만
이제는 안개가 내리어
보이는 사람 하나도 없다

어쩔 수 없이 조용히 모든 것에서
사람을 떼어 놓는 그 어둠을
조금도 모르고 사는 사람은
참으로 현명하다 할 수는 없다

안개 속을 헤매면 이상하여라!
인생이란 고독한 것
사람들은 서로 모르고 산다
모두가 혼자다.

조건 없는 사랑마저도 실패할지 모른다. 그러나 조건이 붙은 사랑은 존재할 가능
성마저 없다.
　　　　　　　　　　　　　　　　　　　　　　　　　　　　- J. L. 마르틴

편지

헤세

서쪽에서 바람이 불어옵니다
보리수 거세게 술렁대고
나뭇가지 사이로 비치는 달님은
내 방을 환하게 밝혀주고 있습니다

나를 버리고 떠난
사랑하는 사람에게
기나긴 편지를 썼습니다
달님이 종이 위를 비춰 줍니다

부드럽고 조용한 달빛이
글자 위를 스쳐갈 때
내 마음 울음 터뜨려
잠도 달도 저녁 기도도 잊고 맙니다.

행복으로 가는 유일한 길은 우리 힘의 한계를 넘어서는 모든 것을 걱정하지 않는
데 있다.
                                                                          – 파티레스

재회

헤세

해는 이미 자취를 감추어
어스름한 산 너머로 기울고
낙엽에 덮힌 길과 벤치가 있는 누런빛 공원에
차가운 바람이 휘몰아치던 때
그때 나는 그대를 보고 그대는 나를 보았다
그대는 조용히 흑마를 타고 와서는
바람과 낙엽을 헤치며
소리없이 장엄하게 성으로 들어갔지
참으로 그것은 서러운 재회였다
창백한 모습으로 그대가 천천히 떠나갈 때
나는 높은 울타리에 기대 있었다
어둠은 깔리고 우리는 말 한 마디 하지 않았다.

만일 당신이 누군가를 사랑한다면 이렇게 해야 한다. 만약 당신이 나를 사랑해 주
지 않으면, 내가 두 사람 몫의 사랑을 하겠다고 말할 수 있어야 한다.
— 어니스트 헤밍웨이

엘리자베스 Ⅲ

헤세

높은 하늘의
하얀 구름처럼
엘리자베스 당신은
순결하고 예쁘고 멀리 있습니다

구름은 흘러 헤매는데
그대는 언제나 무심할 따름
그러나 어두운 깊은 밤중에
구름은 그대 꿈을 스쳐갑니다

스쳐간 구름이 은처럼 빛나기에
그 후론 언제나
하얀 구름의 흔적을 따라
그대는 감미로운 향수를 느낍니다.

무언가를 진정으로 사랑한다는 것은 그것을 잃을 수도 있음을 깨닫고 난 이후에
도 처음과 다름없이 사랑하는 것이다.
　　　　　　　　　　　　　　　　　　　　　　　　　　　－ G. K. 체스터턴

그대를 사랑하기에

헤세

그대를 사랑하기에 한밤에 나는
그토록 설레며 그대에게 속삭였지요
그대가 나를 영원히 잊지 못하도록
그대의 마음을 따왔지요

그대의 마음은 나와 함께 있으니
좋든 싫든 오로지 내 것이랍니다
설레며 불타오르는 내 사랑
어떤 천사라 해도 그대를 빼앗아 가진 못해요.

헤르만 헤세(Hermann Hesse, 1877-1962) : 독일의 시인·소설가. 첫 시집 〈헤르만 라우샤〉는 큰 주목을 받지 못했으나, 소설 〈페터 카멘친트〉는 교양소설적인 구성에 풍부한 자연 감정으로 널리 인정받았다. 1946년 괴테상과 노벨 문학상을 수상했다.

텅 빈 사람들

엘리엇

우리는 텅 빈 사람들
우리는 박제된 인간들
머릿속은 짚으로 꽉 차고
함께 기대고 있는
아, 슬프다 우리의 메마른 목소리는
함께 속삭일 때면
소리없고 의미없다
마치 마른 풀 위를 스치는 바람
혹은 건조한 지하실에서
깨어진 유리 위로 달리는 쥐의 발처럼

형체 없는 모양, 빛 없는 그림자
마비된 힘, 동작 없는 몸짓
죽음의 다른 왕국으로 똑바른 눈으로
건너갔던 사람들은
우리를 기억한다 한들
지옥에 떨어진 격렬한 영혼들로서가 아니라
다만 텅 빈 인간들
박제된 인간들로서.

엘리엇(Thomas Stearns Eliot, 1888-1965) : 미국 태생 영국의 시인 · 극작가 · 문학비평가. 〈황무지〉가 출판되면서 엘리엇은 세계적으로 유명해졌다.

마지막 기원

휘트먼

마지막으로 상냥스럽게,
견고한 성채의 담으로부터,
단단한 자물쇠 고리로부터
–꼭 닫힌 문의 보존으로부터,
나를 놓아주십시오.

나를 소리 없이 미끄러지듯 나아가게 해주십시오.
자물쇠를 여는 부드러운 열쇠로
–한 속삭임으로 문을 열게 하십시오.
오, 영혼이여!

(부디 상냥하게, 서두르지 말고!
힘차게 붙잡은 너, 오 유한한 육신아!
힘차게 붙잡은 너, 오 사랑이여!)

우리는 우리가 가지고 있는 것을 좀처럼 생각하지 않고 언제나 없는 것만 생각해
내는 경향이 있다. 이것이야말로 이 세상에서 가장 큰 비극을 만들어내는 것이다.
– 쇼펜하우어

한 그루의 떡갈나무가

휘트먼

루이지애나에서
나는 한 그루의 떡갈나무가 자라는 것을 보았다
나무는 홀로 서 있었고
가지에서는 이끼가 드리우고 있었다
친구도 없이 그것은 기쁨의 말 지껄이듯
짙푸른 잎새들 수런거리며 자라고 있었고
그 거칠고 밋밋하고 튼튼한 모습을 보면서
나 자신을 생각한다
그러나 나는 친구도 없이 홀로 서서
어떻게 기쁨의 말처럼
잎새를 수런거리게 하는지 궁금하였다
나로서는 할 수 없는 일이기에
나는 잎새가 달리고 이끼가 잠긴
잔 가지를 꺾어가지고 와서
내 방 잘 보이는 곳에 두었다
내 절친한 친구들을 생각하기 위해
그것이 필요한 건 아니지만
그 가지는 그래도 하나의 불가사의한 표지
내게 우정을 생각나게 한다

그럼에도 한 그루의 떡갈나무가 루이지애나의
넓은 들판에서 홀로 햇볕에 번뜩이고 있지만
평생 친구나 애인도 없이 기쁨의 말처럼
잎새를 수런거리지만
도저히 나는 그를 흉내낼 수 없다.

휘트먼(Walt Whitman, 1819-1892) : 미국의 대표적 시인. 초등교육을 받은 뒤로는
독학으로 공부했다. 민주주의의 근본 원리와 문학과의 관계를 쓴 〈민주주의의 전망〉
은 미국 민주주의의 3대 논문의 하나로 평가받고 있다.

산 너머 저쪽

칼 부세

산 너머 저쪽 하늘 멀리
모두들 행복이 있다고 말하기에
남을 따라 나 또한 찾아갔건만
눈물 지으며 되돌아 왔네
산 너머 저쪽 하늘 저 멀리
모두들 행복이 있다 말하건만.

칼 부세(Karl Busse, 1872-1918) : 독일의 시인 · 소설가 · 평론가. 1892년 〈시집〉을 발표한 이래 신낭만파 시인의 한 사람으로 주목받았다.

사랑의 철학

셸리

샘물이 모여서 강물이 되고
강물이 합쳐서 바다가 된다
하늘의 바람은 영원히
달콤한 감정과 섞인다

세상에 외톨이인 것은 하나도 없으며
만물은 하늘의 법칙에 따라
서로 다른 것과 어울리는데
어찌 나는 그대와 합치지 못하랴?

보라! 산은 높은 하늘에 입 맞추고
물결은 서로 껴안는다
어떤 누이꽃도 용서받지 못하리라
만일 그것이 제 오빠꽃을 업신여긴다면
햇빛은 대지를 껴안고
달빛은 바다에 입맞춤한다
이런 모든 입맞춤이 무슨 소용 있으랴
그대가 내게 입맞춤해 주지 않는다면.

셸리(Percy Bysshe Shelley, 1792-1822) : 영국의 낭만파 시인. 바이런, 키츠와 함께
19C 초의 낭만주의 문학을 대표한다. 학창시절에 빠진 자연과학과 플라톤의 형이상
학에서 사상적 뿌리가 생겨났다. 셸리의 이상미에 대한 탐구 자세는 천부의 서정적
시심과 함께 낭만주의의 정수로 높게 평가되고 있다.

소네트 제16가

단테

여성들 중에서 베아트리체를 보는 이는
최고의 행복감을 느낍니다.
그녀와 함께 가는 사람은 그 행복으로 해서
하느님의 은혜에 감사하게 됩니다.

그녀의 아름다움에는 알 수 없는 힘이 담겨 있어
사람들은 그것에 대해 시샘하지 않습니다.
우아함과 사랑과 믿음을 옷 입고
그녀와 함께 가게 됩니다.

그 모습은 모든 사람에게 겸허하게 하고
그녀 홀로 기쁨을 지닐 뿐아니라
사람들 또한 그녀로 해서 명예를 얻게 됩니다.

그 행동은 은근하기 짝이 없어
그 사실을 마음에 생각해내고는
사랑의 감미로움에 감탄하게 마련입니다.

가장 큰 행복은 한 해의 마지막에서 지난해의 처음보다 훨씬 나아진 자신을 느끼
는 것이다.   – 레오 톨스토이

아름다운 아가씨들이

단테

성자의 축제일에 아름다운 아가씨들이
바로 내 곁을 스쳐 지나갔습니다.
맨 처음 아가씨가 내 옆을 지나갈 때
사랑은 우리를 마주보게 하였습니다.
타오르는 불꽃의 정령인 것처럼
아가씨의 눈은 아름답게 빛났고
내 마음에는 뜨거운 불길이 타올라
천사의 모습을 바라보는 듯했습니다.
해맑고 순한 아가씨의 눈으로부터
넘쳐흐르는 아름다운 사랑의 속삭임을
보고 깨닫는 사람의 마음속에는
수많은 행복이 넘쳐흐릅니다
아아, 아름다운 아가씨는 천국에 살다가
우리에게 행복을 전해주기 위하여
이 땅에 온 것이라 생각될 만큼
아가씨를 보기만 해도 행복해집니다.

단테(AlighieriDante, 1265~1321) : 이탈리아 최대의 시인. 호메로스 · 셰익스피어 · 괴테와 더불어 세계 4대 시성(詩聖)으로 불린다. 시집 〈신생〉, 종교 서사시 〈신곡〉이 있으며, 평론 〈향연〉 〈제정론〉 등이 있다.

유언시 25

프랑수아 비용

사실 나도 사랑을 하였고
앞으로도 사랑을 하고 싶습니다
그러나 마음이 우울하고 배가 고파
위를 3분의 1도 채우지 못하니
나에게는 사랑의 오솔길이 멀어져갑니다
그러므로 술창고에서 배를 채운 놈이
나를 대신하여 사랑을 할 것입니다
배가 불러야 춤도 춘다고 하기 때문입니다.

프랑수아 비용(Francois Villon, 1431-1463) : 프랑스 시인. 젊은 시절 가난과 고생과 방랑과 감옥살이로 불우한 시절을 보냈으며, 30살에 쓴 〈대유언〉은 대표작으로 인간의 모든것, 약점과 죄악, 사랑과 즐거움, 소망과 믿음, 인생의 무상, 죽음의 가혹함 등이 꾸밈없이 감동적으로 담겨 있다.

사랑

장 콕토

사랑한다는 것
그것은 바로 사랑받는다는 것이니
한 존재로 불안에 떨게 하는 것
아! 언젠가는 상대방에게 가장 소중한
존재가 될 수 없다는
그것이 바로 우리의 고민이다.

장 콕토(Jean Cocteau, 1889-1963) : 프랑스 시인. 어린시절부터 시를 쓰기 시작하였고, 20세 전후에 이미 세 권의 시집을 내어 문단에서 주목을 받았다. 다재다능하여 문학, 미술, 조각, 연극, 영화, 발레 등 각 예술 방면에서 활동하였고, 화제가 되었다.

내 가진 것 모두 그대에게 주었나니

스윈번

그대여 더이상 원하지 말아요
내 가진 것 모두 그대에게 주었나니
그대여 이것이 더 값지다면
모두 그대 발 밑에 내어 주리다
그대를 행복하게 할 정열의 사랑과
그대를 채찍질하여 날게 할 노래를

단 한 번일지라도 그대 옷깃에 스치우고
좀더 참다운 그대의 사랑을 느끼고
그대의 정다운 이야기를 듣는다면
그 무엇이 나에게 아까우리오

그대를 사모하고 그대를 호흡하며
저 하늘을 나는 그대의 날개에 쓸리우고
예쁜 그대의 발꿈치에 밟힌다면

그러나 사랑밖에는 아무것도 없나니
내어드리겠습니다
다만 이 사랑을

더 값진 것 가진 이 있거든 그에게로 가세요
더 귀한 것 가진 이 있거든 그에게로 가세요
내 가진 것이라곤
여기 그대 발 밑의 붉은 심장뿐.

스윈번(Algernon Charles Swinburne, 1837-1909) : 영국의 시인 · 비평가. 로제티 등 이른바 '라파엘 전파'와 친분을 쌓았다. 운율과 시형을 자유자재로 구사하여 새로운 시의 발전을 가져왔다.

그의 사랑에게

스펜서

어느 날 나는 그녀의 이름을
백사장에 썼지만
파도가 밀려와 씻어 버리고 말았네
나는 또다시 그 이름을 모래 위에 썼지만
다시금 내 수고를 삼켜 버리고 말았네
그녀는 말하기를 우쭐대는 분
헛된 짓 말아요
언젠가 죽을 운명인데
불멸의 것으로 하지 말아요
나 자신도 언젠가는 파멸하여
이 모래처럼 되고
내 이름 또한 그처럼 씻겨 지워지겠지요

나는 대답하기를
그렇지 않소 천한 것은 죽어 흙으로 돌아갈지라도
당신은 높은 명성으로 계속 살게 되리니
내 노래는 비할 바 없는
당신의 아름다움을 길이 전하고
당신의 빛나는 이름을 하늘에 새길 것이오

아아 설령 죽음이 온 세계를 다스린다 해도
우리 사랑은 남아
영원한 생명을 얻게 되리라.

스펜서(Edmund Spenser, 1552경-1599) : 영국의 시인. 케임브리지 대학에 들어가 르네상스 사조와 접촉했다. 첫 작품 《양치기의 달력》에서는 이른바 "스펜서시 스탠지(Spenserian stanza)"라 불리는 시의 형태를 구사하여 풍부한 시정을 자아냈다. '시인 중의 시인'이라고 불리운다.

두 가지 두려움

캄포아모르

1
그날 그 밤이 다가왔습니다.
그녀는 내게서 피하면서 말했습니다.
"왜 옆으로 다가오시나요?
아아, 당신이 정말 두려워요."

2
그리고 그 밤은 지나갔습니다.
그녀는 바싹 다가오며 말했습니다.
"왜 옆에서 피하시나요?
아아, 당신이 없으면 두려워요."

캄포아모르(Ramon de Campoamor y Campoosorio,1817-1901) : 스페인의 시인. 사상을 중요시하고 철학적이며 낭만적인 시를 썼다.

떨어져 흩어지는 나뭇잎

고티에

숲은 공허하게 녹이 슬어
가지에 붙어 있는 단 하나의 나뭇잎,
외로이 가지에서 흔들리고 있는
잎사귀는 단 하나, 새도 한 마리.

이제는 오로지 나의 마음에도
오직 하나의 사랑, 노래 한 줄기
하지만, 가을 바람이 맵게 울고 있어
사랑의 노래 소리 들을 길 없다.

새는 날아가고 나뭇잎도 흩어지고
사랑 또한 빛 바래되, 겨울이 오면,
귀여운 새여, 다가오는 봄에는
내 무덤 가에서 우짖어다오.

고티에(Theophile Gautier,1811-1872) : 프랑스의 시인 · 소설가 · 비평가 · 저널리스트.
처음에는 화가 지망생이었으나, 위고를 알고서부터 시로 들어섰다. '예술을 위한 예
술'을 주장하였다.

사랑하는 그대를 위하여

프레베르

나는 새를 파는 가게에 가서
새를 샀다네
사랑하는 이
그대를 위하여.

나는 꽃을 파는 가게에 가서
꽃을 샀지
사랑하는 이
그대를 위하여.

나는 철물점에 가서
쇠사슬을 샀지
굵은 쇠사슬을
사랑하는 이
그대를 위하여.

나는 노예 시장에 가서
너를 찾았지
너는 거기 없더라